대영제국에서 작가로 살아남기

대영 제국에서 작가로 살아남기 16(완결)

초판 1쇄 발행 2025년 1월 22일

지은이 ㅣ 고스름도치
발행인 ㅣ 최원영
편집장 ㅣ 이호준
편집디자인 ㅣ 박민솔
영업 ㅣ 김민원 조은걸

펴낸곳 ㅣ ㈜ 디앤씨미디어
등록 ㅣ 2002년 4월 25일 제20—260호
주소 ㅣ 서울시 구로구 디지털로32길 30 코오롱디지털타워빌란트 1301-1308호
전화 ㅣ 02—333—2513(대표)
팩시밀리 ㅣ 02—333—2514
E—mail ㅣ papy_dnc@dncmedia.co.kr
블로그 ㅣ blog.naver.com/gnpdl7

ISBN 979—11—364—5912—1 04810
ISBN 979—11—364—4732—6 (SET)

※ 저자와 협의하여 인지는 붙이지 않습니다.
※ 이 책은 ㈜ 디앤씨미디어(파피루스)가 저작권자와의 계약에 따라 발행한 것으로 본사와 저자의 허락 없이는 어떠한 형태나 수단으로도 내용을 이용할 수 없습니다.

대영제국에서 작가로 살아남기

고스름도치 대체역사 장편소설 16 완결

PAPYRUS FANTASY HISTORY OF ALTERNATION

1장. 국방장관 몬티 밀러 · 7

2장. 거인의 기상 · 43

3장. 서부전선이 있었는데요 없었습니다 · 67

4장. 보르도 회담 · 101

5장. 템즈강은 도도히 흐른다 · 135

6장. I am Hanslow Jean · 169

7장. 일본침몰 · 193

8장. 세계 여행(상) · 227

9장. 세계 여행(중) · 253

10장. 세계 여행(하) · 279

국방장관 몬티 밀러

잉글랜드 켄트, 포크 스톤(Folkestone).
"준비는 됐겠죠, 찰스?"
"물론이지요, 워드 부인."
휴양지로 유명한 항구도시의 어느 살롱에서는 그런 대화가 오고 갔다.
"이미 서른 명의 자원자가 런던에 올라갈 채비를 마쳤소. 이제 남은 것은 그들이 활동하며 묵을 곳과 생활 전반을 책임져 줄 수 있는 믿을 수 있는 명사(名士)뿐이오."
"저 역시 마찬가지예요."
바닷바람이 물씬 나는 퇴역 해군 장성의 말에, 메리 어거스타 워드 역시 고개를 끄덕였다.
"서른 명. 아니, 쉰 명은 묵을 수 있는 숙소도 확보했고, 학교 식당에서 일하던 요리사도 고용해 뒀지요. 깃털은 차고 넘칠 만큼 확보해 뒀고요."

"훌륭하오. 이 끔찍한 전쟁에서 이긴 뒤에 우리 영국의 용사들은 모두 부인과 용감히 거리에 나온 '흰 깃털단'의 아가씨들이 승리의 주역이었노라 노래할 것이오!"

"그게 바로 제가 바라는 거예요."

워드 부인은 빙긋 웃으면서 그렇게 말했다.

'전쟁은 남자의 일이니까.'

그녀가 여성 교육권을 주장하는 사회운동가인 것은 사실이다.

하지만 이는 어디까지나 교육에 한한 것. 오히려 그녀의 정치 성향은 보수적인 쪽에 더욱 가까웠다.

대표적으로 현재 영국 최대의 화두인 여성의 정치 참여는 철저히 지역권에 머물러야 한다고 생각하고 있으며, 이미 3년 전에 타임지에서 법률, 재정, 군사, 그리고 국제적인 문제들은 오직 남자들만이 해결할 수 있는 문제라고 주장한 적도 있다.

어떻게 보면 이번 운동을 시작한 이유도 그렇기 때문이다.

여자와 남자가 할 수 있는 일은 다르므로 서로의 영역에서 최선을 다해야 한다.

그러니 전쟁에 나가기 싫다며 징징대는 남성들의 궁둥짝을 걷어차 주자는 것에 동의한 것이다.

여성이 정치에 참여하는 것이 주제넘은 것이라면, 남자가 전쟁을 거부하는 것 역시 주제넘은 짓 아니겠는가.

그렇기에 그들은 축배를 들며, 이것이 영국의 승리에 일조하는 일이 될 것이라 확신하고 있던 그때였다.

"부인! 피츠제럴드 경!!"

"여보?"

"워드 씨, 무슨 일이오?"

살롱의 문을 부수듯 열고 헐레벌떡 들어온 남자.

메리 어거스타 워드의 남편이자, 그 자신도 시인으로 유명한 토머스 험프리 워드(Thomas Humphry Ward)였다.

"이, 이것 좀 보시오!!"

"이건……!?"

"〈웨스트민스터 리뷰〉잖아요?"

매지 밀러가 결국 그녀의 요청을 받아들인 것일까? 워드 부인은 무심코 그렇게 생각했다.

참정권 분야로는 다소 견해의 차이가 있긴 하지만, 어쨌든 그녀들 역시 여성의 일자리가 늘어나는 이 일을 반대할 리는 없다…… 그렇게 생각하고 있었으니까.

하지만 거기에 실린 것은 놀랍게도.

〈대담! 프로이트 교수 VS 밀러 해군 장관〉
〈심리학적으로 더욱 효율적인 모병에 관하여〉

그런 생각을 정면으로 반박하는 권위자들의 일갈이었다.

* * *

〈——하여, 본 교수는 전쟁에 자원함은 오로지 개인의 초자아(superego)가 속삭이는 양심의 목소리를 철저히 따라야 한다고 생각하오! 사회적 강요로 뒤 떠밀려, 자신이 안온하다고 여기는 집에서 떠나 강제로 정신적 교감이 없는 이들과 같은 집단을 이룬다? 이는 지극히 위험한 일이요!!〉

〈그렇군요. 하지만 교수님, 지금 육군에서는 더 많은 인력의 부족을 호소하고, 전선에 더 많은 군인이 투입되기를 바라고 있습니다. 강요된 이들이라도 불려 나간다면 그들의 도움이 되지 않을까요?〉

〈장관, 그것은 매우 안이한 생각이오! 나는 군략에 대해서는 문외한이오만, 실제 휴가 나온 군인들을 통해 이야기를 들어 보면, 그런 '폐급' 병사들에 대한 혐오를 공공연하게 표출한 사례가 지속적으로 보고되고 있습니다! 일선 부대, 특히 '참호'는 매우 위험한 환경이며, 이런 상황에서 공격성이 억압된 이들은 불건전한 적대감을 표현할 위험이 매우 크고——.〉

〈하지만 그렇게 되면 누가 위험을 무릅쓸까요? 실제로

전장에서 병력은 필요합니다. 그 실질적인 대안은 없겠습니까?〉

〈물론 그 부분에 답이 없다는 것은 인정합니다. 하지만 그렇기에 우리는 그들을 더욱 '차별'이 아닌 '명예'로 대할 필요가…….〉

"정말 훌륭하지 않나? 쟤 내가 키웠다네."

나는 라디오에서 흘러나오는 프로이트 교수와 몬티의 대화를 들으며 히죽 미소를 지었다.

창피하다더니 몇 번 하니까 잘하네, 몬티 녀석.

그런 나에게, 오랜만에 나와 만난 아서 네빌 체임벌린은 걱정스럽다는 듯 물었다.

"한슬, 이게 맞나?"

"고럼."

나는 당당하게 말했다.

징병제 국가인 대한민국에서 살다 온 내가 확신을 갖고 말하는데, 억지로 군대 보내 봐야 답이 안 나온다.

통제도 안 되고, 사기는 바닥에, 닭장처럼 모아 놓으니 당연히 마찰이 생기는데. 거기서 파워 밸런스까지 무너지면…… 진짜 지옥이지.

참으면 윤 일병, 못 참으면 임 병장, 시키는 대로만 해도 채 상병이었던 대한민국 군대를 떠올리니 그저 참으로 역겹다.

하물며 나는 글쟁이 아닌가?

모름지기 대한민국 문학이란 군대를 좆같아 하면서 성장했다.

시대에 따라 그게 쪽바리냐 군바리냐가 다를 뿐이지.

아, 그놈이 그놈이던가?

그나마 나야 비교적 인도적인 카츄사 나왔고, 영국에서 애들이랑 부대끼면서 많이 잊어 가긴 했는데…… 조리돌려서 군대 보내잔 얘기가 나오니 안 좋은 기억이 좀 새록새록 떠오르는구먼.

아무튼 내가 한 건 별거 없다.

이미 런던핫 덕에 군 경험자들과 접촉할 기회가 많아진 간호사들의 인터뷰 기록을 모으고 모아, 프로이트 교수님에게 전달하는 것.

원래부터도 억압된 공격성과 죄책감을 정신분석학의 메인 주제로 삼던 지크문트 프로이트인 만큼, 그는 돈 주고도 모으기 힘든 '리얼한' 체험 기록들을 보물산처럼 여기며 자신의 이론을 더욱 발전시키고 있다.

"기본적으로 정신분석학은 아직 신생 학문이기도 하니까."

21세기의 심리학, 정신분석학, 정신의학조차 제대로 정립된 무언가가 없어 선무당 취급받기 일쑤다.

심지어 '게임은 중독이고 웅앵웅…… 암튼 돈 내놔'하는 헛소리조차 TV에 나올 수 있지 않던가.

하물며 이 시대는 더더욱 그렇다.

대부분의 사람은, 심지어 정신과 의사들조차 모르는 게 너무 많아 복불복이 심한 게 현실.

프로이트 정도가 그나마 19세기의 선은영 박사님 비슷한 느낌으로 전문가로 인정되는 거지.

그러니 그에게 최대한 '자료'를 넘겨준다.

거기에 미래인인 내 지식도 조금씩 섞어서.

〈……또한 최근, 전투 중 포격이나 폭격 등에서 야기된 폭발과 충격! 굉음! 이러한 물리적 현상으로 정상적인 사고나 행동을 하지 못하는, 극도의 흥분 상태가 된다는 것 또한 지속적으로 보고되고 있소.〉

〈놀라운 일이로군요. 직접 폭격을 맞지 않았는데도 그렇단 말입니까?〉

〈그렇소. 나는 이것이 과도한 물리적 충격으로, 두개골 안에서 뇌가 흔들려 경미한 외상적 뇌 손상(mild traumatic brain injury)을 입은 게 아닐까 생각하오. 소라게의 소라를 마구 흔들면 안쪽의 게는 큰 충격을 받겠지. 그래서 이를 셸쇼크(Shellshock)라고 명명할까 하오.〉

〈그러면 일종의 뇌진탕 같은 겁니까?〉

〈아마도 그렇겠지. 아무튼 이런 현상이 일어나는 것은 지극히 자연스러운 일이며, 뇌라는 부위의 중요성을 생각하면 영구적인 상처가 될 가능성도 매우 높소! 따라서 군에서는 절대 이를 경시하지 말고, 해당 병사를 후방으로 빼든 어쨌든 지속적인 케어를 해 줘야 한다고 확신하오!〉

전투 스트레스 반응(CSR; combat stress response).
1차 대전에서 맛뵈기로 들어갔다가 이후 2차, 한국 전쟁, 베트남 전쟁 등의 '새로운 사료'가 충분히 쌓이고 나서야 정립되는 정신질환이다.
이 정신질환이 정립되기 전까지 수많은 병크가 터졌었지.
당장 지금도 이걸 '꾀병'이라고 부르며 즉결 처분해야 한다고 주장하는 간부들이 많다더라. 미친놈들, 내가 이래서 군대가 싫어.
"하지만 이러면 〈앨리스와 피터〉 재단이 전쟁에 협력하지 않는다고 욕을 많이 먹을 텐데."
체임벌린은 진지하게 말했다.
내가 옆에서 뜯어말린 덕에 아직 정치에 입문하지 않았지만, 그는 기본적으로 보수주의자다. 애초에 부르주아 출신으로 입신양명한 식민부 장관 아들내미에 그 자신도 성공한 사업가니 당연하지만.
그런 그가 보기에 영국의 징병에 제동을 거는 이런 라디오 방송은 영 불안하긴 하겠지.

하지만 난 당당하다.

"내가 뭘. 내가 그간 해 온 게 얼만데 겨우 이 정도로. 1점 정도 까인다고 문제가 되겠나. 산은 깎여도 산인 것을……."

"노친네들이 그렇게 생각할 리 없잖아. 자기들의 정책에 협력하는 건 상수라고, 상수."

"뭐, 그렇겠지?"

어깨를 으쓱이며 말했다. 군사 국가에 가까운 독 '일제' 국만큼은 아니지만 영국도 꽤 꼰대 국가니까. 그 부분은 어쩔 수 없다.

하지만.

"근데 그러라지, 뭐."

"……하긴, 말을 잘못했군. 왕세자 전하께서 자네 팬인데 누가 자네를 건드릴까."

"너무 그러지 마. 난 내 나름대로 영국의 승리를 위해 이러고 있는 거야. 지금 이것도 그래서 하는 제안 아닌가?"

"그건 그렇지만…… 이건, 내가 생각하기에 너무 나갔는데."

네빌 체임벌린, 엘리엇 그룹의 회장이자 현 영국 군수 산업체의 큰 손으로 자리 잡은 그는 신음성을 흘리며 말했다.

"여성을 생산 공정에 쓰라니."

"이미 많이 쓰고 있을 텐데? 자네도 공장에 여성이 아예 없다고는 말 못하겠지?"

"그건 그렇지만, 생산 공정과는 무관한 청소부나 매점 판매원이야."

"그러니까 여자들이 할 일이 없어서 이런 거나 하는 거 아닌가."

나는 그렇게 말하며 베아트릭스 포터가 가져온 흰 깃털을 내보였다.

"이미 우리 회사의 인쇄 출판 공정에서는 여성을 쓰고 있어. 나는 웬만하면 되도록 적은 남성들이 희생되길 원하지만, 그럼에도 더 많은 남자들이 참호에서 죽어 나갈 거야."

"하지만, 여성이 숙련공이 될 수 있겠나? 알잖나. 여자는······."

"되야 해. 그러지 못하면 전쟁은 겨."

'될 수 있다', '될 수 없다'로 지겨운 토론을 할 생각은 추호도 없다.

왜냐하면 이건 답이 없는 문제고, 체임벌린은 스스로가 생각하는 것 이상으로 꼰대가 될 인재니까.

하지만 동시에 '해야 한다'라는 게 무엇인지도 잘 이해하는 인물이니, 설명을 포기하고 납득을 강요하는 게 유일한 방법이다.

그런 나를 보며 깊은 한숨을 쉬고는 가볍게 고개를 저

은 체임벌린이 푸념했다.

"정말이지, 내가 정치 안 해서 다행이야. 자네도 그렇고 몬티도 그렇고, 적으로 돌렸다간 무슨 꼴을 봤을지."

"알아줘서 고맙네."

그랬으면 정말 망쳤을 테니까.

나는 빙긋 웃으면서 고개를 끄덕였다.

자, 몬티? 영국 본토의 일은 다 처리해 줬다. 이제 나아가 승리만 하면 된다.

그리고 그로부터 며칠 후.

〈몬티 밀러 해군 장관, 사임!〉
〈애스퀴스, 삼군 통합 국방부 설립!〉
〈초대 국방부 장관으로 루이스 몬태규 밀러 전 해군 장관 임명〉

* * *

몬티가 해군 장관 자리를 때려치우기 며칠 전.

영국 총리의 집무실, 다우닝가 10번지.

'여긴가?'

태어나서 처음으로, 영국 정치의 정점에 들어와 앉은 몬티 밀러는 새삼스럽게 그곳을 둘러보았다.

'생각해 보면 버킹엄 궁전은 이미 꽤 들어가 봤는데 말

이지.'

 물론 세 남매 중에서 제일 많이 드나들어 본 사람은 막내인 메리고, 몬티는 고작 손에 꼽을 정도밖에 드나들어 본 적이 없다.

 하지만 일반적인 기준에서 생각해 볼 때, 왕궁 자체가 평생 한 번 들어가 볼까 말까 한 절대 존엄의 상징 아닌가?

 이미 몇 번이나 왕궁에 들어가 본 몬티의 경력은 꽤 기형적인 것이 맞다고 볼 수 있을 것이다.

 그렇게 생각하던 때.

"많이 기다렸나?"

"아닙니다."

 집무실의 주인이 모습을 드러냈다.

 허버트 헨리 애스퀴스 총리.

 그는 전쟁이 터지기 전보다 훨씬 늘어난 주름과 푸석푸석해진 흰머리를 절레절레 저었다.

"식사했나? 미안하지만 난 아직 못해서. 샌드위치 시킬 생각인데 지금 말하게."

"저도 못 했습니다. 다우닝가의 주방장이 얼마나 요리를 잘할지 미리 체험해 두는 것도 좋겠지요."

"허허. 그래?"

 애스퀴스가 슬며시 눈살을 치켜올렸다.

 그 움직임엔 맹랑한 놈, 이라는 의미가 아주 잘 담겨

있었다.

2인분의 샌드위치를 주문한 뒤, 총리는 몬티를 똑바로 바라보며 말했다.

"밀러 군, 총리가 되고 싶나?"

"당연한 것 아니겠습니까."

반평생, 오로지 그것만을 위해 달려왔다.

그런 몬티에게 애스퀴스는 새하얀 눈썹을 치켜뜨고는 서랍 속 〈웨스트민스터 리뷰〉. 정확하게 말하면, '흰 깃털단 저격용'인 프로이트와의 대담을 꺼내 보였다.

"그런 친구가, 이런 짓을 해?"

"필요한 일이었습니다."

몬티는 당당히 말했다.

같은 내용을 라디오에서도 몇 번이나 틀었으니, 아마 영국에 있는 웬만한 사람들을 전부 이 대담을 들었겠지.

그리고 그 결과, 영국의 군부는 마치 벌떼처럼 들고일어났다.

"한 나라의 해군 장관이란 인간이 어떻게 군대에 해가 될 수 있는 행동을 할 수 있느냐며 난리가 났네. 당장 자네를 해임하라고, 군 원로들의 항의가 빗발치고 있어."

"그렇겠지요."

씁쓸히 웃은 몬티가 고개를 끄덕였다.

흰 깃털단을 꾸미고 실행한 사람은 찰스 피츠제럴드 퇴역 제독 한 사람뿐이었지만, 그런 독려 캠페인을 어찌 혼자서만 생각하고 실행했겠는가.

 당연히 그와 비슷한 이들 몇몇이 출자를 하고 사람을 추천하며 알음알음 펼쳐진 일이었고, 그런 집단을 일컬어 '군 원로'라고 한다.

 그리고 그들은 몬티와 프로이트의 대담에 대해 지극히 당연한 반응을 보였다.

 집 쑤셔진 벌떼처럼 굴었단 뜻이다.

'이…… 어린놈의 자슥이……!'
'전쟁도 안 나가 본 놈이 해군 장관이랍시고 어딜 감히!'
'라…… 떼는 말이야! 떼이이잉!!'

'이 양반이 아직도 살아 있었어?' 싶은 수준의 여러 퇴역 장성들이 우수수 항의 서한을 보내니, 중간에 낀 데이비드 비티만 죽어 나가는 판이다.

 그러나 몬티 밀러는 당당했다.

"어차피 벌어질 일 아니었겠습니까?"

"……허."

 전쟁이 발발한 지도 벌써 1.5년 정도가 흘렀다.

 이 말은 몬티 밀러가 해군 장관이 된 지 대략 2년 정도 되었다는 뜻이며, 그 임기 동안 몬티가 싸운 주적은 독일 해군이 아니었다.

―이 빌어 처먹을 군바리들이 진짜!!

육군과 해군.
전통적인 군 전통 그 자체였고, 그 기득권을 틀어쥔 전쟁 영웅들이 바로 몬티 밀러의 주 적이었다.

―왜 한국 해군과 보조하지 않았냐고요? 아니, 그야 그놈들은 그냥 원숭이인데……!
―팔스(Pals) 제도를 폐지하고, 같은 지역이나 구역 출신 사람들을 최대한 흩어 놓으라고? 지금 장난하시오? 당장 낯선 사람들끼리 모아 놓으면 사기가 뚝뚝 떨어진다는 게 해군 장관 얘기 아니었소?
―고작 잠수함 한둘 때문에 이 시끄러운 시제품을 달라고? 장관은 우릴 뭐로 보는 게요?
―전차(戰車)라…… 확실히 장관이 신병기를 좋아하긴 하는군. 뭐, 검토는 해 보겠소만. 이렇게 툭하면 고장 나는 고철 덩어리가 저 참호전에 효과적일 거라고 진짜로 믿는 건 아니겠지요?

젊은 해군 장관이 시간 표류자를 갈궈, 장막을 열고 미래를 엿봐 봤자 뭣 하겠는가. 정작 그 해결책을 실행해야 할 군바리들이 위에서의 개혁을 거의 생무시하고, 그저 예산 타오는 기계로 취급하는데.

물론 몬티는 이것이 그저 자신이 젊거나, 샌드허스트 출신이거나, 아니면 전쟁 경험이 없기 때문이 아니라는 점을 잘 알고 있었다.

이는 그저 문민정부의 통제와 군의 독립성, 그 케케묵은 충돌의 연속선상에 있는 알력 다툼의 일환에 지나지 않는다.

국회와 왕의 싸움, 올리버 크롬웰의 독재를 비롯한 역사가 있는 영국에서 군대가 자기들 멋대로 하는 것은 용납할 수 없으니까.

당장 프랑스에 걸핏하면 터지는 게 쿠데타인 것도 있고.

반면 군대는 점차 높은 전문성을 요구하는 전쟁이라는 복잡한 환경에 대해, 문외한에 가까운 문민 장관이 이래라저래라하는 것을 참아 줄 수가 없다는 시위였다.

원래 역사에서 이 자존심 강한 두 세력의 대립은 해군 장관 윈스턴 처칠의 장대한 삽질, '갈리폴리'로 끝난다.

'무능하기 그지없는' 문민 장관의 삽질 속에서 민심이 극단적으로 악화되고, 결국 이후의 해군 장관은 자리만 데우는 한직을 넘어 있는 둥 마는 둥 하는 찬밥까지 떨어지니까.

하지만 몬티 밀러는 아직 그 정도로 병신 같은 삽질을 하지 않았고, 민심도 나쁘지 않다.

"오히려 제가 맞다는 건, 저 독일인들이 더 잘 증명해 주고 있지 않습니까."

"……으음."

몬티는 그렇게 말하며, 〈루시타니아호, 비열한 독일의 어뢰에 침몰!〉이라고 적힌 〈타임즈〉의 뉴스를 보여 주었다.

뉴스에서는 일관적으로 '루시타니아는 상선'이라는 주장을 펴고 있지만, 해군 장관인 몬티도 총리인 애스퀴스도 알고 있었다.

RMS 루시타니아는 영국 해군의 보조함으로 정식 등록되어 있었고, 군수 물자를 수송하고 있었다.

단순히 민간 해운사인 큐나드 라인(Cunard Line)이 운용하고 있었을 뿐.

즉.

"저는 꾸준히 음파탐지기의 설치를 주장했고, 그 설치 대상에는 보조함도 포함되어 있었습니다. 이를 무시한 것은 해군, 특히 젤리코 백작이지요."

"……그래서, 어쩌고 싶은가?"

"해군 장관 자리를 내려놓겠습니다."

몬티 밀러는 당당하게 말했다.

그리고.

"육해공. 3군의 지휘권과 인사권을 통합한 국방부(Ministry of Defence)의 설립을 제안 드립니다."

"허."

대담하군.
허버트 헨리 애스퀴스는 슬며시 미소를 지었다.
'국방부라······.'
확실히 총리의 입장에서 세 군이 한꺼번에 보고를 올리면 복잡하기 그지없다. 게다가 해가 지지 않는 나라에서 이를 컨트롤하기엔 절대 쉬운 것이 아니고.
그런 의미에서 삼군의 효율적인 운영과 조정을 위해 삼군을 통합하는 중앙행정부처의 존재 자체는 필요하긴 했지만······.
"해군 하나도 제대로 휘어잡지 못한 사람이, 3군을 전부 휘어잡겠다고?"
"단순히 해군. 그나마도 반쪽짜리 권력으로는, 이 전쟁에서 제가 알아낸 승리 조건을 채우지 못한다는 것을 깨달았습니다."
대놓고 떠보는 총리의 공격에, 몬티는 당당하게 말했다.
"장성들에 대한 인사권, 군수 물자의 생산 및 보급 총괄, 행정조직의 개편에 관한 모든 것. 그 전권을 주십시오."
"반발이 없을 거라 생각하나?"
"25%는 뭉갤 수 있다고 생각하고 있습니다. 어차피 공군은 윈스턴 처칠 장관이 담당하고 있으니까요. 육군 장관, 해군 장관, 공군 장관은 그대로 두되, 국방차관의 지위를 주면 어떨까 합니다. 그리고 절반은―."

몬티가 야망과 확신, 그리고 결의로 눈을 빛냈다.
"실적으로 증명하겠습니다."
"……하하."
애스퀴스 총리는 어처구니없다는 듯 웃음을 터트렸다. 젊은이의 패기라고 보기엔 지나치게 오만하고, 또 뒤도 없는 발언이다.
하지만.
"이것이 젊음인가……."
"총리님?"
"나도 자네 같을 때가 있었지."
중산층 의류업자, 그것도 일찍 죽어 버려 얼굴도 제대로 기억나지 않는 아버지의 아들이 총리가 되기까지 얼마나 많은 고난과 역경이 있었을까.
그리고 그 역경을 헤쳐 나가는 원동력인 야망은 또 얼마나 거대했겠는가.
그리고.
"해군 장관을 해임하라는 요구도 빗발치고 있지만, 동시에 자네를 응원하고 유임해야 한다는 성명도 많이 들어오고 있지."
"……예?"
금시초문인데?
몬티가 눈을 크게 뜨자, 애스퀴스 총리는 한편에 놓인 편지들을 꺼내 보이며 말했다.

"보자, 데이비드 비티 제독, 더글라스 헤이그(Douglas Haig) 제1군단장, 현역 일선 장교들, 그리고 무엇보다— 허버트 키치너 전쟁부 장관."

"……그분이."

몬티는 살짝 눈물이 날 지경이었다. 이래서 한슬이 그렇게 팬레터를 보며 헤벌쭉 웃는 거였나, 라는 엉뚱한 생각이 얼핏 들었다.

"좋아, 밀어주지. 정부조직법 개정안이 통과될 때까지는 백수겠지만, 그사이에 개혁할 준비를 해 오게."

"예! 감사합니다, 총리님!"

"뭐……."

쉽지는 않겠지만.

허버트 헨리 애스퀴스는 최근 포탄 물자에 대한 보고를 떠올리고는 씁쓸한 미소를 지었지만, 굳이 말을 하지는 않았다.

젊은 후배가 어떻게 헤쳐 나갈지 궁금하기도 했고. 무엇보다 샌드위치와 커피가 도착했기 때문이다.

* * *

"그래서."

그렇게 마련된 국방부 장관의 집무실.

그곳에 첫 번째로 모여든 사람들은 자연스럽게 몬티 밀

러가 쉽게 소환할 수 있는 인사들이었다.

그중 한 명, 윈스턴 처칠 공군 장관은 불퉁한 얼굴로 말했다.

"내 자리를 뺏어 간 소감이 어떤가."

"이 자리가 왜 당신 자리입니까. 애초에 얘기가 다 된 거잖아요."

"헹. 홍."

나이가 몇인데 도대체.

몬티는 기껏 '공습 관련 정치 공세를 막아 주는 대신 영전을 돕는다'라는 조건으로 합의까지 했던 인간이 불독처럼 불만 그득한 얼굴로 고개를 팩 돌리는 모습을 보며 머리를 감싸 쥐어야 했다.

저런 인간을 믿고 공군 관련 업무를 맡기는 게 정말 맞는 일일까?

"에휴, 아무튼."

고개를 돌리고, 몬티의 두 눈이 향한 곳은 헨리 포드와 네빌 체임벌린.

그가 부담 없이 부탁할 수 있는, 가장 대표적인 군수업체 사장들이었다.

"두 분께 부탁드릴 게 많습니다."

"무슨 말인지 알고 있네."

"영국 군인 개개인은 대단히 사기가 높고 그 전투 경험도 뛰어나지만, 화기(火器) 기술은 최악입니다."

빅커스에서 만들고 있는 기관총은 그렇다 치자.

하지만 아직도 대부분의 제식 화기는 볼트액션이고, 자동소총이나 기관단총은 몬티가 강력히 주장해서 극소수만 채용된 상태.

오히려 그것을 적극적으로 사들인 대한제국의 개인 화력이 더욱 뛰어나다는 보고서까지 있을 정도니 말 다했다.

"그리고…… 군대에서 독점해 온 탓에, 포탄의 공급량과 질이 크게 떨어졌습니다. 로이드 조지 재무 장관님께는 허락받아 왔으니, 체임벌린 회장님? 돈 쪽은 신경 쓰지 마시고 중점적으로 해결해 주십쇼."

"알겠습니다. 장관님."

"포드 씨는, 준비해 뒀던 물량 전부 풀어 주세요."

"초도 생산량이야 이미 충분히 준비해 두긴 했습니다만, 얼마나 풀면 될까요?"

"되도록 많이."

몬티는 잠시 생각한 뒤, 단호하게 말했다.

"참호란 참호는 전부 짓밟을 수 있도록, 부탁드립니다."

Mk III, '블랙 팬서(Black Panther)'의 서부전선에 투입이 결정되는 순간이었다.

* * *

본래 이 시기.

미국의 헨리 포드는 물론, 영국의 그 어느 자동차 회사. 그리고 왕립 조병창 기술자들 전원이 '전차'가 필요하다는 사실은 알고 있었다. 하지만 애석하게도 이를 '어떤 식'으로 만들어야 하는지는 알 수 없었다.

그렇기에 대부분은 리틀 윌리(Little Willie)를 비롯한 장갑 씌운 트랙터에서 살짝 진화한 고철덩이에 불과했지만, 지금의 헨리 포드와 영국군의 뒤에는 미래의 장막 건너편에서 온 이가 붙어 있었다.

심지어 방위 산업에 관해서 기술적으로 잘 아는 건 아니지만, 그래도 고속도로나 외진 국도에서 종종 탱크를 볼 수 있는 나라에서 살다 온 시간 표류자가 말이다.

—그러니까, 이게 한슬이 생각하는 탱크라고?
—그래. 무한궤도, 서스펜션, 회전 포탑! 이게 바로 탱크의 진수지!!

그런 그가 '모델'이랍시고 그린 전차의 모티브는 당연히 K—2 흑표.

화력에 미친 국가 대한민국이 자랑하는 갓—성비 전차의 형태를 대충 비슷하게 그린, 굳이 따지면 추상화에 가까운 무언가(라고 간신히 쳐줄 수 있는) 것을 돌려보면서, 몬티 밀러는 중얼거렸다.

―뭐랄까…… 한슬이 왜 소설가가 됐는지, 대충 짐작은 가네.
―뭐이야앗!?

아무튼 미래인의 처참하기 그지없는 미술 실력은 둘째 친다고 해도 그는 딱히 밀리터리 마니아라고 보긴 어려웠다.

흑표의 디자인이 왜 그렇게 됐는지, 경사 장갑을 비롯한 기타 복잡 오묘한 요소는 전혀 알지 못했으니까.

하지만 적어도 그는 배달 민족이며, XY 염색체를 가졌고, 어렸을 때부터 용자물과 민속놀이를 하며 '전차(혹은 자주포)의 형태는 무조건 이래야 한다'라는 기초 사상 자체는 DNA 단위로 박혀 있었다…… 고 주장했다.

―전차는 알겠는데 자주포(Self―Propelled Artillery)는 또 뭐고 DNA는 또 뭐야? 묻지 말라(Do Not Ask)고?
―그러니까, 디옥시리…… 뭐였더라. 아무튼 중요하긴 한데 지금 필요한 건 아냐.
―돌겠네, 진짜.

어쨌든 그 덕에 본래 회전 포탑이 없이 출시되었을 Mk 시리즈는 어느 소설가가 매우 초보적으로 대충 그린 '블랙 팬서'의 디자인을 따라 회전 포탑을 달고 나왔다.

또한 그 초보적인 그림 덕에 무한궤도에도 어느 정도 융통성이 발휘되었으니…….

결과적으로 Mk 시리즈의 형태는 원 역사의 무한궤도 덩어리인 그것보다는 얼마 뒤 프랑스에서 나오게 될 르노 FT에 훨씬 더 비슷하게 수렴했다.

또한 어느 정도 목표가 확실한 덕에 시제품인 'Mk. I 마더', 훈련기인 'Mk. II 더 세컨드'만 거쳐도 빠르게 양산할 만한 모델을 만들 수 있었고, 그렇게 'Mk. III 블랙 팬서'가 프랑스 땅에 빠르게 발을 디딜 수 있었다.

그리고 그것을 수령(受領)한 영국 군인들의 반응은…….

"이게 전차라고? 허 참, 이상케도 생겼다."

"소설 일러스트에서 보던 거랑 좀 다르네?"

"그, 〈우주 전쟁〉 나온 공성 전차(Siege tank) 말하는 거지? 그리고 보니 그건 설정집 보니까 뚜쉬~ 쿵! 하면서 변형도 하던데."

"오, 너도 그거 봤……."

"자, 자! 지방방송 끄고! 전원 헤쳐 모여!!"

대대장의 지시가 떨어짐에 따라 도란도란 이야기를 나누던 병사들은 일사불란하게 움직여 중대 집결지로 모여들었다.

대대 통신장교, 존 소위는 그 모습을 보고 새삼 재차 생경함을 느꼈다.

'참 대단하단 말이지. 다들 저렇게 생긴 게 다른데, 마

치 한 사람같이.'

 인도인, 남아프리카인, 캐나다인, 아일랜드인, 그 외 기타 등등의 식민지 출신들과 영국 본토의 앵글로·색슨 족.

 서로 다른 인종의 병사들이 칼같이 오와 열을 맞추고 선 저 모습은 몇 번 봐도 익숙해지지 않는다.

 마치 인종의 테린(Terrine : 프랑스의 고기 젤리 요리)과도 같지 않은가.

 이미 몇 번의 전투를 치러서 그런가? 서로에게 거부감을 느끼는 모습도 별로 없다. 그런 병사들은 이미 죽었을 테니까.

 '팔스 제도가 해체돼서 사기도 떨어졌을 거라고 생각했는데.'

 당장 존 소위 본인부터가 친구들과 생이별하지 않았던가, 물론 부대 간 공중전화 제도가 생긴 덕에 소식이야 언제든지 전할 수 있다지만, 그래도 바로 옆에 친구들이 없다는 것은 확실히 불안감을 붙일 만한 요소였다.

 하지만 그 걱정은 기우였다는 듯, 병사들은 오히려 전우애를 나누고 담배 한 개비도 나눠 피며 지휘관의 명령에 충실히 따르고 있었다.

 그 모습을 보면, 군대도 다 사람 사는 동네라는 것을 새삼 느끼게 되는 것이다.

 "영광스럽게도, 우리 부대는 저 지랄맞을 참호를 돌파

할 신병기! 전차의 성능 실험에 함께 할 부대로 선정되었다."

"예?!"

지금 이 모습을 보면 더더욱.

보라, 뜬금없는 지휘관의 말에 너 나 할 것 없이 서로를 멍하니 보는 저 모습은 어딜 봐도 똑같은 패턴 아닌가.

"아! 너무 걱정은 하지 말도록. 물론 우리가 직접 전차를 타는 건 아니다."

"예? 그럼 우리는 뭐합니까?"

"그것에 대해서는, 여기 스윈튼 중령이 설명해 줄 것이다."

"반갑습니다, 여러분. 어니스트 스윈튼(Ernest Dunlop Swinton) 중령입니다."

잘 생기셨네. 눈 크고.

존 소위가 뜬금없이 그런 생각을 하는 사이 어니스트 스윈튼 중령은 남의 부대에 온 사람답게 친절하게 말했다.

"지금 제가 지휘할 예정인 제1 전차 부대를 비롯한 여타 부대는, 여러 가지 가능성을 둔 채로 전차의 목적을 시험해 보고 있습니다. 그중 하나가 보전협동(步戰協同)으로, 보병과 전차의 협동이 얼마나 성과를 낼 수 있느냐입니다."

"협동이라면, 우리는 뭘 하면 됩니까?"

"저 전차를 보십시오. 보기만 해도 든든해지지 않습니까?"

병사들이 서로를 보며 갸웃거렸다.

그런 그들을 향해, 어니스트 스윈튼은 열정적으로 손을 휘두르며 말했다.

"우리 영국 조병창과 포드사가 한슬로 진 작가님의 아이디어를 받아 마침내 완성해 낸 전차! '블랙 팬서'는 여러분을 지키는 방패이자, 적의 철조망을 깔아뭉개는 트랙터! 그리고 적의 기관총좌와 포대를 그 자리에서 요격하는 신시대의 기병이 될 겁니다! 여러분은 그저 전차의 뒤에서 안전하게 달려가 지원사격으로 안전하게 독일군의 머리통을 부수고, 안전하게 능선에 올라 깃발을 꽂기만 하면 됩니다!"

"그게 말처럼……."

"됩니다!! 전차야말로 이 저주받을 참호를 전부 박살낼 신의 카드가 될 테니까요!!"

설명하랬더니 누가 찬양을 하랬나.

어니스트 스윈튼이 거기서 그치지 않고 더욱 열성적으로 일장 연설을 하려던 그때, 함께 온 전차 부대원들이 그를 단상에서 끌고 내려갔다.

쉘 쇼크 때문에 살짝 정신이 나간 사람이니 이해해 달라는 말에, 좌중도 천천히 고개를 끄덕였고. 어쨌든 간질

발작도 일어나는 병인데 저 정도면 양호한 편이니까.
 "흠흠, 그래서."
 연단 위, 혼자 남은 대대장이 헛기침을 한번 한 뒤 다시 입을 열었다.
 "우리 부대는 이번 전투에서 저 부대와 함께 행동한다."
 "예스, 써!"
 "그리고, 전차를 못 타는 것에 대해 아쉬워하던 인원들이 보였는데…… 전투가 끝난 뒤, 운전면허가 있는 사람에 한 해 전차 부대 전출 지원 희망자를 받을 예정이다."
 "저, 정말입니까?!"
 몇몇 병사, 아니 아예 절반 이상이 흥분해 마지않았다.
 솔직히 말해 저 전차의 전투력에 관해서는 의구심을 가진 사람들도 적지 않았지만, 전차 자체에 대해서라면…… 솔직히 보기만 해도 뭔가 피가 끓고 도전 정신이 마구 솟지 않던가.
 '뭐, 난 아니긴 한데…….'
 이해는 되지만 그렇다고 해서 저 전차를 굳이? 타야 할까? 싶은 생각이던 존 소위는 그저 고개를 저었다.
 아무리 생각해도 저 철판이 정말로 기관총좌를 뚫을 수 있을지도 의문이고.
 하지만 신은 그를 배신했다.
 "아, 톨킨 소위는 이번 전투 동안 전차에 탑승한다."

"예?! 그게 무슨 말씀이십니까!?"

"전차 부대는 일선 지휘관들이 지휘 전차에 직접 타서 무전기로 통신을 주고받는데, 그 통신을 전담할 인원이 필요하단다."

"아니, 그걸 왜 저희 쪽에서 차출합니까!?"

"쟤네끼리만 가는 게 아니라 우리 쪽하고도 협동해서 공격하는 거잖나. 통신하려면 한 명 정도는 가야 해."

"아니, 아니."

"안심하게. 저 안에 들어가 있는데 뭐가 그리 걱정인가? 게다가 지휘 전차는 앞서 나가지 않아. 전면 개조형이 철조망을 돌파하고, 전투 전차가 그 뒤를 따른 뒤에야 지휘 전차가 중앙에서 따라갈 걸세."

"대대장님!!"

"까라면 까! 여긴 군대야!!"

제기랄, 빌어먹을 군바리들…….

그렇게 통신장교, 존 로널드 루엘 톨킨(John Ronald Reuel Tolkien) 소위는 졸지에 역사상 최초의 기갑전에 참전한 장교가 되고 말았다.

그리고.

"포격 개시!!"

"으아아아!"

"기관총좌부터 걷어 내!! 토치카!! 저기 토치카 부숴 버려!!"

"아군이 당했습니다!!"

"살려 줘!!"

"무시하고 참호!! 참호부터 기똥차게 짓밟아!! 깔아뭉개!! 전부 뭉개 버리라고!! 어이, 통신장교!!"

"예, 예! 통신장교 존……."

"보병 부대 진입하라고 해!! 전부 짓밟았다고!!"

"예, 예!!"

정작 존 소위 본인은 대체 전투가 어떻게 흘러갔는지도 알지 못하는 채.

1914년 9월.

제3차 아르투아(Artois) 전투는 미래인의 선물인 '흑표'를 받은 영국의 승리로 끝났다.

* * *

블랙 팬서가 참호를 야무지게 밟았다는 이 소식은, 곧장 군종 기자로 참전한 길버트 체스터튼의 미려한 보고서로 정제되어, 글로벌 미디어사를 비롯한 각종 언론사에 뿌려졌다.

"호외요, 호외!!"

"영국의 신무기가 독일의 참호를 돌파했다!!"

"영국의 기술력은 세계제이이이이이이일!!"

온 영국이 승리의 기쁨을 나누었다.

호외를 알리는 모든 잡지, 신문, 라디오의 매출이 떡상했고, 모든 교회가 종을 울렸으며, 모든 펍에서 축배의 맥주잔이 공짜로 돌아갔다.

국방부 장관 몬티 밀러의 인기 역시 순식간에 하늘을 찔렀다.

뭐? 팔스 부대를 해체하고 유색인종을 마구 섞어 대며 억지로 군대 보내지 말라고 헛소리했다고?

"그래서 뭐 어쨌는데."

"이겼잖아! 전차 개발해 줬잖아! 다 해 줬잖아!!"

"엄마 나는 커서 몬티가 될래요!"

"니가 더 나이 많아 인마."

이런 기류가 흐르고 있는데, 허버트 키치너라고 해서 더 이상 전차에 대한 회의적 시각을 고수할 수 없었다.

'전차 부대를 더욱 실험해 보라'는 명령이 영국 원정군에 떨어졌고, 존 프렌치(John French) 원정군 총사령관은 떫기 그지없는 표정으로 말할 수밖에 없었다.

"헤이그 군단장, 자네가 이겼군."

"그 말씀을 하시기엔 아직 이릅니다. 총사령관 각하."

승리자의 얼굴을 한 영국 기갑의 대부(代父), 더글라스 헤이그는 애써 표정과 다른 말을 꾸며내 뱉었다.

"베를린에 유니언 잭을 휘날리는 날이, 우리의 승리가 될 것입니다."

"하, 좋아. 뜻대로 하시게. 나도 무작정 성과를 무시하지만은 않아."

 존 프렌치는 그 자리에서 더글라스 헤이그를 제1 군사령관으로 승진시켰고, 대장 임명장을 내주었다.

 헤이그의 입꼬리는 더더욱 크게 굽혔고, 프렌치의 표정은 더더욱 썩어 들어갔지만.

 1915년에 접어들며, 승전 보고가 더더욱 많이 들어오자 그럴 수도 없었다.

거인의 기상

 그리고 이 연이은 승전 소식은 대서양 건너편의 또 다른 거인을 자극하기에도 충분했다.
 "이 보고서들을 봐주십시오. 의원 여러분."
 뉴욕주 공화당 상원의원, 프랭클린 델러노 루스벨트는 좌중을 둘러보며 말했다.
 "우리 아메리카 합중국의 자랑스러운 대기업, 포드사에서 생산한 '전차'라는 제품이 영국인들의 손에서 독일을 쳐부수는 최고의 명품으로 칭송받고 있습니다. 하지만 뻔뻔하게도, 영국인들은 그 전차를 자신들이 개발했다고 주장하며 스스로의 전공을 높이는 데 쓰고 있지요!"
 "이런, 후안무치한 놈들!!"
 "그 왕정주의자 놈들은 언제까지 우리를 식민지 시절

이라고 여기는 건지, 원!!"

 추임새를 넣듯, 젊은 루스벨트의 말에 공화당 의원 몇몇이 맞춰 분통을 터트렸다.

 물론 이는 단순한 분노는 아니었다. 그런 식으로 쉽게 분노를 터트리는 사람은 이 의회라는 복마전에 쉽게 들어올 수 없다.

 그들이 바라는 것은 단 하나.

 "이를 타파할 수 있는 것은 단 하나! 우리 역시 전쟁에 참여하여 더욱 많은 전훈을 쌓아, 전차의 진정한 종주국이 어디인지 가리는 것뿐입니다."

 FDR은 당당히 말했다.

 이는 미국의 자존심을 위한 일이라고.

 결코 유럽 시장에 더 쉽게 빨대를 꽂기 위한 상공인들의 뒷돈 때문도 아니고.

 영국과 프랑스의 승리에 베팅한 모건 등 금융업자들의 로비 때문도 아니며.

 미국의 참전을 원하는 앨리스와 피터 재단 싱크탱크의 압박 때문은 더더욱 아니라고 하듯 말이다.

 "당장 독일의 무제한 잠수함 작전에 우리 미국의 상선만 침몰하고 있지 않습니까?! 영국의 상선들은 이제 음파탐지기를 단 호위함 덕에 피해를 덜 보고 있다고 합니다!"

 "그 음파탐지기를 개발한 것도 우리 미국의 발명가, 니콜라 테슬라지요! 이래서야, 영국은 우리 없이 전쟁을 어떻게 한답니까?!"

"이는 우리 미국이 능히 독일을 능가할 수 있다는 증거입니다! 즉각 우리가……!"

"그만."

그러나 그 호소들은 이내 가로막힐 수밖에 없었다.

중립의 성자, 우드로 윌슨 대통령은 단호히 선언했다.

"우리는 중립국입니다."

"하지만, 대통령!!"

"나는 국민과 전쟁하지 않겠다고 약속을 했어요! 발명가나 사업가 개개인이 수출하는 것은 개인의 자유지만, 국가의 움직임은 더욱 무겁고, 신중해야 합니다!"

설령 일본이 중국과 한국에 무슨 깽판을 치고 있든, 필리핀만 건들지 않으면 상관없다.

그런 상황인데 유럽은 더더욱 상관없지 않은가.

"그렇게 전쟁을 하고 싶다면 2년 뒤 선거에서 날 쫓아내시오! 나는 내가 대통령으로 있는 한, 절대 전쟁에 참전할 생각이 없습니다!"

잘 익은 단호박 같은 선언 앞에서, 미래의 휠체어 대마왕이 될 FDR조차 입을 다물 수밖에 없었다.

그러나 이 호언장담은 겨우 몇 달 만에 깨질 수밖에 없었으니.

거인의 기상 〈47〉

〈극비(Streng Geheim).〉

그 파열은, 단 하나의 전보에서 시작된 것이었다.

〈(전략) 멕시코에 동맹을 제안할 계획. 공동 전쟁 수행, 공동 평화조약, 텍사스/뉴멕시코/애리조나 등 상실지역을 되찾는데 독일의 절대적인 지원 및 동의 보장. 상세, 세부 사항은 귀하에게 일임하며, 미국이 참전할 시 극비리에 멕시코 대통령에게 해당 조건들을 제시할 것―.〉

독일의 외무장관, 아르투어 치머만(Arthur Zimmermann)이 멕시코에 보낸 이 자그마한 러브레터가 금발 양아치 영국의 손에 넘어가 버린 것이다.
어수룩한 금태양이라면 이를 협박하는 데에 썼겠지만, 그레이트 브리튼은 역사가 자랑하는 숙련된 양아치.
그 숙련된 협잡질로 이 러브레터를 매우 자연스럽게 멕시코 담당 일진, 미국으로 토스했다.
그렇게 나와바리를 침해당한 미국은 당연히 극도로 분노했고, 마누라 뺏기기 직전의 남편처럼 샷건을 들고나와 독일에 해명을 요구했다.
그리고 치머만 장관은 장렬히 폭사했다.
"예, 완전히 보안이 검증된 방법으로 주멕시코 독일 대사관에 지시를 내린 바는 있습니다. 다만 이는 어디까지나 미국이 참전할 것을 대비한 것에 불과하고, 실제로 멕시코는 이를 거절했으니 사실상 없던……."

"독일 놈들이 사실이라고 인정했다!! 이건 독일인들이 미국이 '명백한 운명으로 쟁취'한 신성한 영토를 히스패닉들에게 넘겨주려고 한 거다!!"

"건방진 크라우트 놈들. 야, 너희들이 뭔데 감히 우리 땅에 알량한 조건을 걸고 '만약'을 운운해!?"

21세기에서는 흔히 미국을 두고 '방장사기맵'이라고 칭한다.

하지만 이는 절반만 맞는 말이다.

왜냐하면 사기맵은 맞지만, 미국은 그 사기맵을 얻기 위해 온갖 더럽고 추잡할지언정 여러 노력해 온 건 틀림없기 때문이다.

그것을 잘 알고 있기에 미국인들은 영토에 대해서 편집적인 반응을 보인다.

특히 남쪽 땅에 대해서는, 고작 50여 년밖에 안 된 내전의 역사가 있기에 더더욱 그러했다.

21세기 한국인들이 통일에 대해서는 회의적이지만, 북한 땅을 누가 가져간다고 하면 경기를 일으키며 절대 안 된다고 하는 것과 비슷하게.

문제는 치머만 외무장관은 이에 대해 무지했고, 거인의 역린을 건들고 말았다는 점이다.

그렇기에.

"각하, 이젠 이것뿐입니다."

"후우…… 정말 이 수밖에는 없습니까? 내년에 또 대선이잖소. 좀 더 기다리면 안 됩니까?"

"각하, 죄송하지만…… 여기서 물러났다간 각하는 재선에 실패하실 겁니다."

본래, 1917년의 재선 직후, 제일 힘이 강할 때의 우드로 윌슨조차 굴복할 수밖에 없었다.

하물며 재선을 앞둔 1915년의 우드로 윌슨은 말할 것도 없었다.

"어휴. 좋소, 좋아요. 어쩔 수 없지."

쓰윽.

일필휘지로 휘갈긴, 우드로 윌슨의 사인.

그것이 담긴 '독일에 대한 선전 포고문'이 두 개의 바다를 건넜다.

* * *

미합중국이 '내가 왔다'를 선언했다.

하지만 이 선언이 명확히 어떤 영향을 끼칠지 제대로 아는 사람은 아직 각국 수뇌부 중에서도 극소수였다.

"미국이 참전한다고?! 그러면 드디어 우리도 저 탱크인지 흑표인지를 쓸 수 있는 건가?"

"그게 문제냐?! 식량!! 식량이 중요해!! 빵값이 지금 천정부지라고!!"

좌우간 지금 당장 먹을 게 급한 프랑스.

"허, 결국 미국이 참전했군. 역시 일개 서민 따위를 외무부에 앉히는 게 아니었소."

"젠장, 이래서야 미국의 막대한 물자가 영국과 프랑스로 흘러 들어가겠군."

"어쩔 수 없지. 우리도 빠르게 저 전차라는 신병기를 개발하고, 서부전선을 뚫어 파리를 점령한다! 그러면 돼!!"

위협적으로 보긴 하지만, 여전히 '파리 먹고 한탕 해서 평화조약'의 달달한 꿈을 꾸고 있는 독일.

"미국이 독일에? 혹시 일본에 대해서는 별말이 없소?"

"그렇습니다, 총리. 매우 애석하게도……."

"허…… 그래서야 우리한텐 있으나 못한 조력이군. 그나마 한국이 잘 막아 내고 있으니 다행인가."

원 역사에 비하면 훨씬 잘 막아 내고는 있지만, 그렇다고는 해도 졸전 자체를 숨길 수는 없는 데다 독일보다 훨씬 거리가 먼 양면 전선에 허덕이고 있는 러시아까지.

시간 표류자의 조력으로 미래를 엿보아 그 실체를 깨닫고 '됐다! 이 전쟁은 이겼어!'라고 외치는 영국 국방부을 제외하면. 대부분의 유럽인은 이 참전이 세계 최강의 천조국, 신성 아메리카 자본제국의 데뷔전이 될 전쟁이 될 것이라곤 생각하지 못하고 있었다.

거인의 기상 〈51〉

오히려 이 선언에 벌벌 떠는 나라는 따로 있었다.

"미, 미국?! 아미리가가 전쟁을 선포해!?"

"아, 아직 아닐세. 우리한테는 아니야! 저들이 전쟁을 선포한 것은 독일 뿐이지! 즉, 태평양에 전선을 펼 생각은 없단 뜻일세!!"

"즉, 우리 일본은 아직 괜찮아! 흑선(黑船)의 재래는 없단 뜻이지!"

일본인들, 특히 메이지 유신의 주역인 원훈들은 떠올릴 수밖에 없었다.

그들의 청년기, 이제 겨우 한 갑자가 지나 흐릿한 과거라고만 생각했던 충격을.

미국의 제독, 매튜 페리(Matthew Calbraith Perry)가 불과 네 척의 배를 끌고 에도 막부를 굴복시키고, 그 1년 뒤에는 기어코 쇄국의 빗장을 차 부수고 개항을 이끌어 냈던 사건을.

그때도 강제로 개항당한 이유는 결국, 아편 전쟁에서 동서양의 군사력 차를 여실히 알았기 때문이다.

실제로 사츠에이(薩英), 시모노세키 등의 전쟁에서 실제로 체험까지 해 봤고.

그런 미국이 적이 된다?

"이길 수…… 있겠소?"

"이, 이길 수 있지 물론!!"

"우린 그때의 야만국이 아니오. 천하무적의 영국 해군

조차 쫓아버린 아시아 유일이자 제일의 열강국이지!!"

목소리는 높았다. 하지만 이것이 그저 겁에 질린 원숭이가 더욱 크게 끼익끼익 위협하는 것에 불과하다는 것은 그들 자신이 제일 잘 알았다.

정말로 지금의 일본제국 해군이, 저 백색함대(White Fleet)를 이길 수 있을까?

현재도 저 후진국 조선에서조차 참호전과 수원화성의 우주 방어를 뚫지 못해 빌빌거리고 있지 않은가.

물론 영국 해군 중국 사령부에 승리하면서 고삐가 풀린 태평양함대로 상륙전을 시작하긴 했지만, 어디까지나 거기까지.

그사이 총동원령에 성공한 한국군이 열심히 게릴라전과 참호전을 운용해 대는 통에 제대로 된 진군은 꿈도 꾸지 못하고 있었다.

―깨어나라 조선인들아!! 너희들이 대재상이라고 믿고 있는 민영환은 진짜가 아니다! 그놈이 세운 조선의 공장들도, 여진 놈들을 쳐부수며 되찾은 옛 고구려의 고토도, 너희들에게 무상 임대해 준 토지도 결국 허상에 불과하다!

―그렇다! 학부대신 이완용, 궁내부대신 민병석(閔丙奭)이 영선군 각하, 아니 대군주 폐하의 말을 보증한다! 깨어나라 조선인들아! 어서 자신을 되찾고 우리와 함께

거인의 기상 〈53〉

천황 폐하의 신하가 되어 내선일체를 이루고 진정한 아시아의 열강인 일본을 따르자! 깨어나라 조선인들아!
―왜놈들에게 나라를 판 매국노들이 헛소리하고 있구나!

새 조선왕으로 영선군(永宣君) 이준용(李埈鎔)을 내세우고 이완용을 비롯해 서울에 남은 고위 대신들을 돈으로 포섭해 설득해 보라 했지만, 이들 역시 탐관오리로 악명이 높았던지라 그저 원색적인 욕설만 늘어날 뿐 씨알도 안 먹혔다.
"쑨원은 더더욱 안 잡혔고."
"대체 그 사이에 어떻게 남경에서 중경(重慶: 충칭)까지 간 거요? 나 원, 이해가 안 되는군."
사회민주주의 수준으로 선회하긴 했지만, 그래도 아직 쑨원은 사회주의를 완전히 포기하진 않은 사람.
빨갱이의 18번, 빠른 도주를 택한 그는 일본군이 쉬이 들어오지 못하는 중경으로 도주했고, 중화민국과 홍콩―이스라엘의 항일 투쟁을 이어 나가고 있던 것이다.
그나마 사할린 정복이라도 원활하다는 것이 다행이지만…… 그 얼음덩어리 섬에 대체 무슨 가치가 있다고.
이런 상황이니, 나오는 도출되는 결과는 단 한 가지.
"병력이…… 부족하오."
"벌써?"

"조선에서 너무 많은 참호전을 치렀소."

5천만이 약간 넘는 인구를 조선, 중국, 러시아에 각각 찢어 보냈지만, 정복해야 할 땅은 너무 많고 참호전은 너무 많은 출혈을 요구한다.

도박에 임하는 정상인이라면 당연히 여기서 스탑을 외칠 것이지만.

'만약 여기서 멈추면, 사할린과 조선을 얻을 수 있나?'
'홍콩, 상하이, 마카오…… 그 아까운 항구들을 그냥 내줘야 한다고?'
'아직 확실하지도 않은 미국의 공격이 무서워서?'

그들은 도저히 그럴 수 없었다.

이제야 겨우 이 일본이 열등한 야만국이라는 평가를 걷어찰 수 있게 되었는데.

여기서 승리하면 모두 먹을 수 있는데!

'영국을 이긴 일본'이라는 뽕이 그들의 지능을 점차 하락시키고 있었다.

그리고 그 저점은.

"미국과 불가침조약을 맺읍시다."
"어떻게? 독일이 이를 허락하겠소?"
"필리핀을 포위합시다. 그러면 그들 역시 우리와 대등한 테이블에 앉겠지!"

충분한 능력만 되었다면, 저 진주만을 공습할 정도였다.

＊　＊　＊

 도고 헤이하치로가 이끄는 태평양 함대가 필리핀 루손 섬을 포위하러 출발한 그때.

 머리끝까지 화가 난 사이온지 긴모치는 대본영에 쳐들어갈 수밖에 없었다.

 "야마가타!! 대체 이게 무슨 짓인가!!"

 영국과 싸우는 것은 어쩔 수 없다. 그들을 꺾지 않으면 중국에서의 특별한 지위를 인정받을 수 없으니까.

 러시아와 싸우는 것도 상수다. 어차피 조선과 사할린, 그리고 간도로 진출하려면 그들의 영향력을 뿌리 뽑아야 할 테니.

 하지만, 미국? 미이이이국?! 선전 포고도 없이 이런 폭거를?!

 "이건 선을 넘었지! 해명을 좀 해 보게, 야마가타!!"

 "소리 지르지 말게. 머리가 아프니."

 그렇게 말하며 모습을 드러낸 야마가타 아리토모의 모습은—.

 "자네……!"

 "대접을 못 해서 미안하군, 사이온지. 지금 정신이 없어서."

 처참하다.

 사이온지 긴모치는 그 생각밖에 하지 못했다.

핏발 선 눈, 판다가 떠오르는 다크서클, 며칠째 잠을 자지 못해 꼬질꼬질한 백발과 노인 특유의 지독한 냄새가 코를 찔렀다.

"······자네, 며칠이나 못 씻은 겐가?"

"한, 보름쯤인가."

대체 어쩌다가······.

말문이 턱 막혀 버린 사이온지에게 야마가타 아리토모는 시뻘게진 눈으로 매섭게 고개를 끄덕이며 말했다.

"무슨 일로 왔는지는 알고 있네. 필리핀 얘기겠지."

"······그걸 아는 사람이 그런 짓을 저질렀나?"

"어차피 벌어질 일 아닌가."

사이온지 긴모치는 기이한 기시감을 느꼈다.

그것은 평소 야마가타에게서 느끼던 것은 아니었다. 오히려 네덜란드 헤이그에서 있었던 회담 당시 이토 히로부미가 보였던 표정에 더 가까웠다.

강박적인 생각에 사로잡혀, 평소의 총기와 현명함을 잃고 상황을 자기 좋을 대로 해석하던 이토 히로부미.

야마가타가 보여 주고 있는 표정은 그때의 이토와 똑같았다.

'어째서?'

사이온지는 위화감을 느낄 수밖에 없었다.

일본 최초의 총리대신이자 군부의 수장, 야마가타 아리토모는 결코 근육 뇌도, 권력에 눈이 먼 정치군인도 아니다.

그는 도리어 냉정한 판단력과 국제정세에 대한 정확한 인식을 가진 인물이었고, 일본 군부가 자랑하는 최고의 군사 행정가요 전략가였다.

그런 그가 이렇게 눈을 벌겋게 뜨고, 강박적인 반응을 보이며, 폭거라고밖에 해석할 수 없는 미일전쟁을 일으키다니.

"잊었나? 우린 독일의 동맹국이야."

하지만 야마가타는 목소리만큼은 당당하게 주장했다. 이것은 그들이 일으킨 전쟁이 아니라 미국이 끼어든 것이라고.

"과연 저들이 독일을 끝장낸 뒤에 우리를 그냥 놔두겠나?"

"협상할 수 있었네. 저 이탈리아를 보게! 원래 독일, 오스트리아와 동맹이었던 나라가 지금은 영국, 프랑스와 연합해서 오스트리아에 전쟁을 선포하지 않았는가!!"

물론, 알프스산맥에 돈좌되어 그 러시아에게도 털리는 오스트리아조차 밀고 있지 못하는 언제나의 이탈리아이기는 했으나.

아무튼 일단 이탈리아처럼, 때를 잘 노려 독일을 배신한다면 최소한의 개평은 얻을 수 있을지 모른다…… 사이온지는 그렇게 생각하고 있었다.

하지만 그런 그의 생각과는 달리 야마가타는 고개를 저으며 말했다.

"우린 미국의 시장인 중국을 뜯어먹고 있어. 저들이 우리를 용납하겠는가?"

"우리가 중국 전체를 식민지로 삼을 건 아니지 않은가. 우리의 목표는 조선뿐이야. 미국에 그것을 제대로 주지시킨다면……."

"그랬다간 우리가 무슨 말을 들을지 모르겠나! 이토록 많은 희생을 치렀으면서 저 양인들에게 겁먹어서 다 먹을 중국을 놓아줬다, 그런 말을 들을 거야! 틀림없네!"

"무슨 소리야. 누가 감히 자네에게 그런……."

말을 하겠느냐고, 그렇게 말하며 어떻게든 그를 진정시키려던 사이온지는 문득 야마가타의 책상 위에 올려진 수많은 신문들을 보았다.

전쟁 직전, 다이쇼 덴노의 즉위를 전후해 발생한 대대적인 민주화 요구. 이른바 '다이쇼 데모크라시'.

이것에 가장 크게 영향을 받은 것은 다름 아닌 언론이었다.

그들은 영국에서 거주하며 지속적으로 번역 및 창작 연재물을 보내오는 문호. 나츠메 소세키의 원고를 받고 있었고, 그 원고는 일본의 룸펜들을 자극하고 카타르시스를 자극해 더욱 강렬한 '영국과 같은' 민주주의 사회를 열망케 했다.

그리고 그런 그들이 보기에 일본의 민주화를 가로막는 가장 사악한 적. 그것이 야마가타로 꼽혀도 이상할 건 없었다.

당장 그 누구도 원하지 않던 독일과 동맹하여, 그 누구도 원하지 않던 영일 전쟁을 일으킨 주역이 야마가타와 군부니까.

사이온지는 이를 어렵지 않게 추론할 수 있었다. 그래서 그는 〈이토 히로부미 전 총리 폭살! 그 진짜 배후는?〉, 〈어째서 총리는 석조전으로 향했나…… 시라카와 요시노리의 정체를 파헤친다〉, 〈시라카와—아키야마—노기—야마가타…… 육군의 수상한 파벌에 관하여〉 등의 제목을 자극적으로 대서특필한 신문, 아니 종이 뭉치들을 구겨 잡았다.

"다 갖다 버리게."

"사이온지."

"전쟁을 치르고 있는 대본영의 수장이 이런 유언비어에 휘둘리다니!!"

사이온지는 버럭 소리를 지르고 말았다.

저 말은 결국, '야마가타가 이토를 죽였다'라는 유언비어에서 벗어나기 위해 미국과의 전쟁을 일으켰다는 이야기 아닌가.

"야마가타, 정신 차리게! 우린 이 나라를 이끌고 있어. 자네가 충동적으로 이런 짓을 저지르면 어쩌자는 겐가!!"

"충동이 아냐! 우리가 필리핀을 점령하기라도 했나? 필리핀에 포탄 한번 쏘기를 했나! 우린 그저 그 영해를 포위했을 뿐이잖나!"

"그걸 지금 말이라고 하나?!"

순 '주먹을 네 코앞에 갖다 댔지만 싸우자는 건 절대 아니다'라는 식의, 일종의 운요호 사건이나 다름없는 얘기 아닌가.

그런 식의 변명이 통한 건 어디까지나 조선 같은 비문명국뿐. 미국 같은 어엿한 열강이요 강대국을 상대로 그런 폭거를 저지르다니!

"만약 이걸로 전쟁이 일어나면, 그땐 대체 뭐라고 할 건가!?"

"그럴 리 없어. 그렇다고 해도…… 어쩔 수 없는 일이고."

"야마가타!!"

"말했잖은가. 우리가 독일을 손절하지 않는 이상 언젠가 미국과 전쟁을 할 거야!! 그리고 지금은 이것이 조금 앞당겨졌을 뿐이지!"

야마가타는 당당히 소리쳤다.

"이건 그저 협상하기 전의 위협에 불과해. 우리가 결코 그들에 뒤지지 않겠다는 포부를 보여 주는 것이지!"

"그것이…… 우릴 파멸로 이끈다고 해도 말인가?"

"어차피 영미는 독일을 끝장낼 거야! 그 뒤에는 우리가 서쪽과 동쪽 양쪽으로 얻어맞을 것이고, 중국을 뱉어내야 할 거야! 그러면 우리도 파멸일 텐데, 적어도 그 전에

거인의 기상 〈61〉

불가침조약을 맺을 인질은 있어야지!"

 그 '우리'가 정말 같은 '일본'을 말하는 것이 맞나?

 저 '우리'는 그저 자신들과 같은 원훈, 혹은 군부를 말하는 것이 아닐까?

 사이온지는 도저히 가늠할 수 없었다.

 "자네는 그저 미국과 협상할 준비를 해 주면 되네. 저 독일조차 양면 전선에 허덕이면서 영·불·러 3국의 공격에 허덕이고 있지 않은가? 아무리 미국이 대국이라도 태평양과 대서양, 양면 전선을 견딜 수 있을 리 없어. 우리는 필리핀을 인질로 삼고 있다가 전쟁이 끝나면 그 해방을 조건으로 평화조약을 체결하면 돼!"

 결국, 그는 야마가타를 설득할 수 없었고, 파멸로 달려가는 열차 또한, 멈출 수 없었다.

 그저 유라시아 대륙 반대편에서, 언론을 뒤에서 주무르며 그들을 자극하는 무언가에 대한 공포를 느낄 뿐이었다.

* * *

 일본이 필리핀을 포위했다.

 필리핀들의 자발적인(놀랍게도 진짜로 자발적인) 협조로 마닐라를 탈출한 총독, 프랜시스 버튼 해리슨(Francis Burton Harrison)은 샌프란시스코에 도착하자마자 이 소식을 모든 언론에 뿌렸고, 그 내용은 해리슨 자신이 놀랄 정도로 빠르게 미국 전역에 퍼져 나갔다.

"결국 일본원숭이들이 미국의 신성한 강역을 침범했다!"

"역시 순신—리 제독의 말씀이 옳았다. 예로부터 일본은 신의가 없어 약속을 지켰다는 말을 들은 적이 없다!"

"즉각 일본을 징벌하자!!"

이에 대해 가장 벌침 맞은 사람처럼 날뛴 사람은 당연히 〈앨리스와 피터〉 재단의 정치후원을 받는 육군 인사이자, '필리핀의 정복자'인 아서 맥아더의 아들, 그리고 벨라크루즈의 영웅.

미 육군 공보국장 더글라스 맥아더 소령이었다.

물론 그 아서 맥아더 장군은 이미 노환으로 사망했지만, 더글라스 맥아더는 고향이나 다름없는 필리핀이 짓밟히고 있다는 소식을 결코 좌시하지 않았다.

미 육군의 공보국을 틀어쥔 그는 열성적으로 이에 대해 홍보하며, 어떻게든 일본의 징벌을 위한 여론을 모아 보려 했으나…….

이에 대해 제동을 건 이는, 다름아닌 전쟁부 장관 뉴턴 베이커(Newton Diehl Baker)였다.

"맥아더 국장, 일본에 대한 공보는 조금 자제하시오."

"아니, 어째서입니까 장관님! 이는 미 육군의 치욕입니다!!"

맥아더의 머릿속에 '설마 이 문민장관 새끼가 또오?'라

거인의 기상 〈63〉

는 생각이 들었지만, 베이커는 군무에는 문외한이라도 정치, 그리고 그 정치의 생명줄인 예산에 대해서는 전문가였다.

"무슨 말인지는 아오. 하지만, 지금 우리가 미국 원정군(American Expeditionary Force)을 편성하면서 동시에 태평양 함대를 구성할 인력이 된다고 보시오?"

"그것은, 아닙니다만……!"

"아직 일본은 해역을 막고만 있을 뿐, 선전 포고는 하지 않았소. 당분간은 괜찮을 거란 이야기지. 그동안은 영국의 동인도 함대에 맡겨 둡시다."

"장관님!"

"그리고 그사이 최대한 빨리 독일을 끝장내면 되오."

베이커는 차분하게 설명했다.

모든 일에는 우선순위가 있다고.

"독일을 끝장낸 다음에 필리핀을 구원하고, 일본을 불태워도 늦지 않지."

"……알겠습니다."

아무리 피 끓는 필리핀 성애자라고 하더라도, 아직은 계급이 깡패다.

게다가 더글라스 맥아더는 민주주의를 자랑스럽게 여기는 미국의 카이사르.

아무리 문민 장관을 발톱 사이 낀 때처럼 여긴다고 하더라도, 그가 하는 말이 아주 틀리지 않는 이상 그를 무시하긴 쉽지 않았다.

대신, 그는 미국 원정군에 자원을 했고…….

"오랜만이군. 춘부장 장례식에서 본 게 마지막이던가."

"오랜만에 뵙습니다만, 지금은 회포를 풀 때가 아닙니다. 퍼싱 장군님."

존 조지프 퍼싱.

부친 아서 맥아더와도 적잖은 인연이 있었던 데다, 육군 항공대가 창설될 때도 영향을 끼쳤던 미국 원정군의 총사령관에게 더글라스 맥아더는 당당히 제안했다.

"저는 이번 전쟁에서 우리가 이길 방법에 대해 진언하고자 왔습니다."

"호오. 패기가 대단하군. 그래서, 그게 뭔가?"

"영국입니다."

더글라스 맥아더는 당당하게 말했다.

그리고 〈두 발의 총성〉 후반부에 묘사된 것과 매우 흡사한 방식으로 싸우며 승승장구하고 있는 영국군과. 그 놀라운 변화를 일으킨 '자신의 멀린'을 떠올리며 진언했다.

"탱크, 기관단총, 그리고 자동소총. 영국은 이 전쟁의 해답을 그 누구보다 빠르게 알아냈으니 우린 그것을 베끼기만 하면 됩니다."

3장 서부전선이 있었는데요 없었습니다

서부전선이 있었는데요 없었습니다

 1915년이 지나기 전에, 미국 원정군은 대서양을 건너 무사히 프랑스에 상륙했다.
 당연히 이제 막 출고된 따끈따끈한 신병 나부랭이(문맹 다수 함유)들이 그다지 큰 힘이 될 수는 없었다. 하지만 미군의 진면목은 그런 인적 물자 따위가 아니었으니……
 그들이 함께 가져온 무수한 전쟁물자는 어마어마한 도움이 되었다.
 "뭐야, 이게 먹을 거라고? 과자 아냐? 크기는 또 왜 이렇게 작아?"
 "멍청아, 이건 우유에 말아 먹는 거야. 넌 〈던브링어〉도 안 봤냐? 브레이벌리가 환장하던데."

"그, 그래? 음…… 쩝. 괜찮긴 한데…… 이거 먹고 훈련을 버틸 수 있나? 영, 양이 모자란데?"

켈로그(Kellogg's)의 콘플레이크.

"황금마차 왔다! 기브미 쪼꼬렛!"

"많으니까 하나씩 받아 가!!"

펜실베이니아의 초콜릿 업체, 허쉬(Hershey).

"여기 배급이요!"

"여기, 여기 하나만……! 어라? 통조림이 아니네요? 속이 훤히 보여!"

"유리니까 조심하시오. 그래도 신선하죠?"

마지막으로 식량청(Food Administration)을 꿰찬 헨리 존 하인즈(Henry John Heinz)의 배급용 케첩, 샐러드드레싱 등의 식품들.

민주주의의 병기창(arsenal of democracy), 아니 민주주의의 식량 창고(Granary of Democracy)라는 이름을 얻기에 부족함이 없는 미국은 막대한 휴대 식량을 영국과 프랑스에 뿌렸고, 당연히 그들의 주가는 하늘 높은 줄 모르고 치솟았다.

그리고 이는 당연히.

"작가님은…… 신인가?"

어느 미래인이 세운 재단의 미국 지부장은, 정확하게 그 미래인이 고른 회사들이 개떡상을 하는 것을 보며 더더욱 깊은 충성을 맹세했다.

그리고 미국에서 건너온 물자들이 눈에 띄게 영국군과 프랑스군을 살찌우는 것을 보며, 독일군은.

"배…… 고파."

"우린 언제 빵 오냐?"

"넌 그 사료로 만든 빵이 넘어가냐?"

꼬르륵 합창으로 브레멘 음악대를 만들 지경이었다.

원 역사에 비해 이르게 전쟁이 시작되었기에, 1916년에서 1918년에 이르는 대규모 흉작은 아직 오지 않았다.

하지만 근육 뇌 군사 귀족 융커들의 뇌세포가 겨우 몇 년 앞당겨진다고 크게 달라질 리 없었다.

"루츠, 당신 말이 맞았군. 전쟁에서 이기려면 신무기가 필요해! 예산과 인력을 줄 테니 당장 전차를 개발해 내게!"

"감사합니다! 독일의 승리를 위해 최선을 다하겠습니다!!"

원 역사에 비해 빠르게 발생한 전차 개발.

하지만 이는 당연히 막대한 예산, 시행착오, 그리고 무엇보다 철강 등 재료를 소모해야만 가능한 방식이다.

미국은 그것이 가능했다.

그것을 시도하는 자는 미국의 자동차왕 포드였고, 대량생산방식을 현실화한 산업가였다.

그리고 무엇보다 그 거대한 대륙 곳곳에 설치된 철강소들에서 뿜어져 나오는 어마어마한 양의 강철들이 그 시도를 가능케 했다.

하지만 독일은? 전쟁 전에도 독일 전체에서 나오는 철강의 양이 미국 제철소 하나보다 못하다는 말을 들었다.

이는 미국의 압도적인 산업 역량에 대한 찬사이기도 했지만, 바꿔 말하면 독일에 대한 적나라한 현실이기도 했다.

하물며, 아직 엔진의 대량 생산조차 이룩하지 못한 독일에서 전차를 만든다?

소모할 시간과 예산은 필연적으로 미국에 비해 어마어마하게 늘어질 수밖에 없었다.

"지금부터 철강소의 생산량을 두 배, 아니 세 배로 늘리시오! 신무기 개발을 위한 필수 불가결한 일이요!"

"아니, 숙련공이란 숙련공은 다 빼 갔으면서 갑자기 말입니까? 그리고, 연료는 어떻게 하고요?"

"석탄을 더 쓰면 되지 않나? 아니면, 석유라든가."

"루마니아가 저쪽에 넘어갔잖습니까! 우리 연료는 전부 거기서 수입해 온다고요!!"

제일 먼저 눈에 띄인 것은 연료의 고갈(Insufficient Vespene gas)이었으나.

이것은 그저 눈을 가린 자들이 도저히 더 이상 외면할 수 없었던 것뿐, 실제로는 그야말로 총체적 난국이었다.

"대체, 대체 왜 우리나라에 식량이 부족한 거지? 우리나라는 식량 자급국 아니었나? 북독일의 막대한 곡창지

대(Norddeutsches Tiefland)에서 생산되던 밀은!?"

"그, 죄송하지만 비료가 없습니다."

"비료?! 비료가 왜 없어!? 우리 독일의 자랑, 하버 박사가 발명한 질소고정법으로 공기에서 빵을 만드는 시대에!!"

"그 질소, 전부 화약 만드는 데 가져갔잖습니까."

니트로글리세린의 분자식은 $C_3H_5(ONO_2)_3$.

질산(HNO_3)이 막대하게 사용될 수밖에 없으며, 인공 질소 비료를 만드는 데 쓸 질소까지 다 가져간다.

그렇다고 이제 와서 휴경지나 콩 농사, 감자 농사를 반복하던 전근대식 농업으로 돌아갈 수도 없는 노릇.

아니, 그런 데에 쓸 콩과 감자가 있으면 차라리 그걸로 수프를 끓여 먹이는 편이 나을 지경이었다.

"그래! 재래식 비료, 두엄이라면 질소가 필요 없을 거 아닌가?!"

"그 두엄의 재료가 돼지 분뇨 아닙니까. 그리고 그 돼지는 벌써 다 잡았고요."

사람 먹을 식량을 먹일 수는 없다는 이유로, 슐리펜 전쟁이 틀어지자마자 발동된 돼지살육(Schweinemord) 정책.

1913년 한 해에만 무려 500만 마리의 돼지가 도축되었고, 그 수는 점차 늘어 지금은 독일 전체 돼지의 30% 이상을 잡아 버릴 정도였다.

이는 일시적으로 돼지고기 생산을 촉진했고, 병사들은 아주 잠깐 행복했지만— 어디까지나 잠깐에 불과했다.

너무 많은 돼지를 잡은 결과 돼지고기가 금값이 되었고, 두엄값도 금값이 되었다.

"덴마크! 덴마크는 할일없이 낙농업이나 하는 놈들 아닌가!! 그놈들에게서 수입해 오는 건!?"

"그들 역시…… 이렇게까지 많은 식량을 생산하는 나라는 아닙니다. 돈도 없지만, 순수하게 공급량 자체가 너무 부족합니다."

"허어! 그러면 대체 뭘 먹여야 한단 말인가? 감자는 좀 남아 있나?"

"아직 남아 있긴 합니다만…… 그것도 곧 동날 겁니다. 해서 대안을 좀 찾아보긴 했는데."

그렇게 등판한 것이 다름 아닌 루타바가(rutabaga).

돼지를 너무 잡자, 돼지 먹이로 사들였던 사료용 채소가 너무 많이 남아 버렸다.

당연히 맛도 끔찍하고 순수하게 전분만 많은, 도저히 사람 먹으라고 있는 게 아니지만…… 어쩌겠는가, 이거라도 먹어야지.

하지만, 얼마 전까지 흰 빵 먹던 사람이 이제 와서 순무를 먹으라고 해 봐야 통하지 않는 것이 사람의 도리.

"각하, 병사들이 도저히 못먹겠답니다."

"흠, 그 정도인가."

"예. 아마 이대로라면 폭동이라도 일어나지 않을까 싶습니다만……."

"허허! 우리 프로이센의 남아들이 언제부터 밥 가지고 칭얼댔다고 저 오스트리아 돼지들처럼 구는지…… 어쩔 수 없군."

저 러시아에조차 처참히 패배한 오스트리아—헝가리는 현재 더욱 심각한 기근이 발생하였고, 실시간으로 반란이 일어나고 있다.

대독일에서 그런 꼴이 일어날 순 없지.

고개를 절레절레 저은 카를 폰 뷜로 벨기에 주둔군 사령관은, 여러 개의 말이 놓은 지도를 유심히 보다가 말했다.

"이쪽."

"예?"

"이쪽은 그나마 적군이 올 가능성이 적어 보이는군. 우리 병사들이 그나마 덜 지나갔고."

"그렇긴 합니다만……."

"그럼 뭘 그렇긴 합니다만, 이야?"

뷜로는 어이없는 표정으로 슬그머니 제스처를 취했다.

노장군의 손짓이 무슨 뜻인지 깨달은 부관은 잠시 입을 벌렸다가 이내 고개를 끄덕이며 말했다.

"알겠습니다. 소대 몇만 데리고 가서 조용히 처리하지요."

"좋아. 훌륭하군."

그렇게 그날 벨기에의 난민들이 숨어 살던 마을이 초토화되었고, 병사들은 그날 하루 정도는 행복할 수 있었다.

목가적인 수탈의 나날이었다.

* * *

그리고 독일 전역이 이렇게 빈곤과 기근에 허덕이고 있는 것을 빌헬름 2세라고 모를 리가 없었다.

"팔켄하인. 이것이 말이 되는가?"

"송구하옵니다. 폐하."

언제 변심할지는 모르지만, 그 변심이 발동하기 전까지는 자신의 '픽'에 진심을 다하는 쉬운 남자가 빌헬름 2세다.

빌헬름은 곧장 고개부터 숙이는 팔켄하인이 아직은 마음에 들었고, 그래서 짐짓 너그럽게 말했다.

"그래, 그대라면 무언가 방안이 있겠지. 이 독일을 구할 명안이 없는가?"

"명안은 있습니다. 미국이 참전하여 저들을 살찌우고 있는 이상, 이 이상 장기전으로 비화 된다면 승기가 없사옵니다. 하나, 다행히도 그들의 병사들 자체는 대단히 나약한 자들입니다."

프랑스처럼 본토 취급하며 끌어올린 알제리 병사들도,

아니면 영국처럼 체계적인 군사훈련 시스템으로 최소한의 전투는 할 수 있게 만들어 둔 병사들도 아니다.

그야말로 마구잡이로 뽑아 온 2류 열강의 3류 오합지졸. 그것이 미군이다.

"그들이 정예병으로 탈바꿈되기 전에, 최대한 빠르게 저 저주받을 참호를 돌파하고 전쟁을 끝내야 하옵니다."

최대한 단기결전을 낸다.

언제나처럼의 말에 빌헬름 2세는 살짝 실망한 표정으로 참모총장을 보았다.

"그럴 방도가 있는가?"

"그러하옵니다."

"호오?"

참모총장이 손짓했고, 직속 부관들이 탁자 위에 지도와 부대들을 나타내는 말판들을 늘어놓았다.

북프랑스와 벨기에에 이르는 거대한 평행선.

그 자체로 거대한 요새와도 같은 저 선을 돌파하려면, 지금 가내수공업에 가까운 방식으로 어설프게 도전하고 있는 전차가 필요하다.

아니면.

"저들이 먼저 뛰쳐나오게 해야 합니다."

"허어."

팔켄하인은 손을 뻗어, 소외되어 있던 어느 지역을 가볍게 공격했다.

황제가 의아해하던 그때, 그는 요새화를 상징하는 말판들로 그 요새를 더욱 강력한 요새로 만들었다.

"그리고, 여기서 잠시 대기합니다."

"음?"

"프랑스군이 불나방처럼 끼어들어, 이곳에 공세 해 오는 것을 전부 소모시켜야 합니다."

소모전(War of Attrition).

점령도 아니고, 전진도 아닌, 순수하게 섬멸만을 목적으로 하는 전투.

'참호전'이라는, 움직이는 요새를 두고 싸우는 이 시대에서는 그런 식의 싸움이 필요하다…… 팔켄하인은 그렇게 주장했다.

"이른바 사형터 작전이옵니다."

"흐음…… 그래서?"

"그리고 적의 공세가 전부 소모된 그때, 폐하의 충용무쌍한 군세가 파리를 점령할 것이옵니다."

"허, 말은 좋군. 그런데 그럴 만한 곳이 있는가?"

"물론입니다."

팔켄하인은 자신만만하게 말했다.

단순한 전략적 요충지이기 때문만이 아니다. 프랑스군은 절대로 이곳을 포기할 수 없다.

왜냐하면.

"공세를 취할 곳은, 베르됭(Verdun)입니다."

"오, 그곳은……!"

"그러하옵니다."

전통적으로 프랑스 육군 최고의 요새 지대.

즉, 1871년 프로이센—프랑스 전쟁 중 패전할 때도 마지막까지 저항한 프랑스 육군의 마지막 남은 자존심이자 항독(抗獨) 정신의 상징과도 같은 성지였다.

"이곳을 점령하여 프랑스인들의 자존심을 꺾고, 파리를 폐하에게 바치겠나이다."

"아주 좋구나, 팔켄하인!! 즉각 그리하라!!"

카이저 빌헬름 2세는 작전을 승인했다.

하지만 그들은 한 가지를 잊고 있었으니…….

그게 그렇게 마음처럼 잘 흘러갔다면, 슐리펜 계획도 당연히 성공했을 것이라는 점이었다.

* * *

1915년 늦겨울.

팔켄하인은 융커들의 인기 소설, 〈로망티크 데르 드라이 라이히[三國志]〉의 천재 군략가 리히트 폰 주커베르크(Licht von Zuckerberg(제갈량))가 북벌에 나서는 심정으로 베르됭에 모든 예비 전력을 집중시켰다.

9개 사단으로 구성된 4만 병사로 이뤄진 제5군.

1,200여 문의 야포.

본토에 배치해 뒀던 예비대까지.

그야말로 마지막 소스 바닥의 한 방울까지 박박 긁어모아, 영혼의 한타를 쳤고.

"성공!! 성공했습니다!!"

"두오몽 요새(Fort Douaumont)를 점령했습니다!!"

"좋아. 이제 버티기만 하면 된다!! 프랑스 놈들이 이 요새에 꼬라박지 않을 수 없을 테니!!"

일단, 성공했다.

그리고 승리를 자신했다. 전방 보루 두오몽을 비롯한 베르됭 지대는 프랑스인들이 자랑하는 최고의 요새.

능히 10만을 막아 낼 수 있는 철옹성이다.

하물며 성지(聖地)이기까지 하니, 개구리들이 아무리 자존심이 없어도 이를 무시할까?

그리고 이 예상은 정확했다. 단, 여기까지만.

왜냐하면.

"필리프 페탱(Philippe Pétain) 장군, 무슨 수를 써도 좋소. 저 요새를 다시 함락하시오!"

프랑스 총사령관 조제프 조프르는 중부집단군 사령관을 그 자리에서 날려 버렸고, 그 자리에 어느 이름 없던 장포대(將抛大)를 임명했기 때문이다.

"무슨 수를 써도, 말입니까?"

그리고 전쟁 덕에 얼떨결에 장포대에서 별로 승천한 페탱은, 무슨 일이 있어도 이 기회를 놓치고 싶지 않았다.

그래서 그 누구보다 냉정하고 냉철한 눈으로 말했다.
"그렇다면 지원을 해 주십시오."
"얼마나 필요하오."
"최소 20만. 그리고 그 병력이 원활히 지원받을 수 있는 군수 물자와 보급로입니다."
 여기서 핵심은 20만이라는 숫자도 숫자지만, 보급로 그 자체였다.
 '소모전'이라는 팔켄하인의 수를 꿰뚫어 본 페탱은 간단하게 작전을 설명했다.
"죽지 마라."
"……예?"
"우리는 단 한 명의 아군이라도 더 살린다."
 이는 단순히 병사 한 명 한 명의 목숨을 중요시하는 게 아니었다. 그런 사람이면 장군 때려치우고 반전운동가 해야 한다.
 페탱의 계획은 간단했다.
"요새에 틀어박혀서는 이쪽이 꼬라박는 것만 기대하겠다고? 그럴 순 없지. 놈들의 피해는 극대화하고, 우리의 피해는 최소화한다. 병사들이 지쳤다고 판단되면 즉각 보고 올리고 빠져! 아, 영국군이 준 무전기도 절대 빼놓지 말도록."
 차륜전(車輪戰).
 A부대가 출격하여 지치면, 즉각 B부대가 출격하여 이

자리를 메운다.

B부대가 지치면, 즉각 C부대가 출격하여 다시 이 자리를 메운다.

C부대가 지치면, 휴식을 충분히 취한 A부대가 다시 이 자리에 돌아온다.

항시 최적의 공세를 유지하면서도 병사의 소모를 최소한으로 줄이고, 적의 군세만을 소진시키는 방식.

프랑스 특유의 엘랑비탈(공격 정신) 따위는 개나 줘버리라는 이단의 방식이었고, 이에 '편하게 앉아 개구리를 도살하기만 하면 된다'라고 생각했던 독일군은 이해 불능의 상태에 빠질 수밖에 없었다.

"뭐지? 대체 무슨 일이 벌어지고 있는 거지?!"

"에이이잇!! 프랑스의 군사들은 괴물인가! 어떻게 죽여도 죽여도 죽질 않아!!"

일반적인 전투였다면 여기서 독일군도 뛰쳐나가 퇴각하는 바퀫살의 뒤를 칠 순 있다.

하지만 전근대 공성전에 참호전이 섞인 전장에서 뛰쳐나간다는 것은 도리어 그들이 기관총좌에 헤딩하는 것밖에 되지 않는 것.

그러다 보니 독일군은 역으로 베르됭에 갇힌 느낌을 받을 수밖에 없었다.

게다가.

"저, 저거!!"

"또 온다!! 개구리 놈들의 비행기다!!"

퇴역을 준비하면서 잠시 손을 떼긴 했지만, 필리프 페탱은 본디 소령 시절, 원 역사보다 빠르게 프랑스의 비행기 개발자가 된 옥타브 샤뉘트와 함께 프랑스 공군의 터를 닦았던 인물.

전화 몇 통만 돌려도 항공대를 소집하는 것은 일도 아니었다.

물론 아직 융단폭격을 할 수 있을 정도로 비행기 기술이 발전하진 못했지만, 대신 수류탄 정도는 얼마든지 떨어트릴 수 있었으니…… 그 폭발만으로도 독일군이 노이로제에 걸리긴 충분했다.

"하…… 지친다. 진짜."

"배고…… 헉! 또 수류탄!"

"그냥 솔방울이잖아, 등신아!"

결국 베르됭을 개구리 도살장으로 만들어 버리겠다던 팔켄하인의 야망은 휴지 조각으로 돌아가고, 오히려 지칠 대로 지친 그린캠프만 형성되고 있을 뿐이었다.

다만.

"페탱 장군, 대체 언제쯤 베르됭을 탈환하는 게요?"

"무슨 수를 써서라도 탈환하라 하셨잖습니까. 제가 보기엔 이보다 완벽한 수는 없습니다."

"그 완벽한 수 때문에 내가 지금 끌려다니고 있잖아! 의회한테!!"

지치고 있는 것은 조제프 조프르 역시 마찬가지였다.

차륜전이라는 것은 쉽게 말해 깎아 내기에 가까운 방식이었고, 당연히 시간도 오래 걸린다.

그 상황에서 프랑스 의회는 잃어버린 땅을 빨리 탈환하라고 독촉했고, 그 압박은 그대로 페탱에 대한 내리 갈굼이 되었다.

뿐만 아니라 조프르 본인에게도 답답한 점이 있었다.

"알고 있겠지만, 영국군은 지금 솜(Somme)강 유역을 중심으로 공세를 펼칠 계획을 하고 있소. 우리 프랑스군의 예비대가 그들을 지원할 예정이고."

"그건 알고 있습니다만, 참모총장님. 총장님도 아시다시피 저곳은…… 베르됭입니다. 이곳의 중요성은 솜보다 높습니다."

"그래! 내 말이 바로 그 말이야! 그러니까 빨리빨리 탈환하고 솜으로 가자는 얘기 아니오!!"

"불가능하다는 걸 아시잖습니까. 베르됭은 우리 프랑스가 자랑하던 최고의 요새입니다. 그런 곳을 그렇게 쉽게 따낼 수 있다면 솜 전투도—."

"영국군으로부터 급보입니다!!"

그때였다. 연락장교가 천막을 넘기고 들어왔다.

조프르는 어딜 감히 별들이 회의하는데 멋대로 들어오냐고 호통을 치려 했지만, 뒤이은 말에 턱 막히고 말았다.

"바폼(Bapaume : 솜 공세의 목적지) 탈환!! 바폼 탈환에 성공했답니다!!"

"뭐……!"

"우리 예비대도 없이!?"

페탱이 입을 떡 벌린 조프르를 보았다.

'이제 예비대를 쓸 필요가 없으니, 계속 제 맘대로 싸워도 됩니까?'라는 질문을 하기엔, 조프르의 충격이 너무 커 보였다.

* * *

독일의 육군참모총장 에리히 폰 팔켄하인은 자신만만하게 황제에게 '소모전'을 진언했다.

물론 그가 명장인 것은 틀림없다. 그러나 大몰트케 같은 천재 전략가는 결코 아니다. 샤른호르스트 같은 천재 전술가도 아니었으며, 슐리펜과 비교해도 뛰어나다고 하긴 애매하다.

그렇기에 그가 생각해 낸 정도의 '소모전'은 협상국 내에서도 충분히 논의되는 바였다.

다만 영국과 프랑스가 양국의 지도부 재가까지 받아가며 회의한 뒤 전략을 짜다 보니, 황제 허락만 받으면 되는 독일에게 선빵을 양보했을 뿐.

아무튼 솜 공세는 바로 그런 소모전으로 계산된 전투였다.

하지만.

"프랑스군이 베르됭에 발목을 잡혔으니, 무리겠군요."

"어쩔 수 없지. 내가 봐도 축차 투입이야말로 답이니."

존 프렌치와 더글라스 헤이그, 두 영국군 원수는 그렇게 판단했다.

베르됭에서 직선으로 내려오면 바로 파리니, 그걸 막겠다는 걸 반대할 수도 없는 노릇이고.

그렇기에 그들은 원래대로였다면, 베르됭 공세의 압박을 줄여 주기 위해 무리하게 공세를 펴다가 돈좌되는 것에 가까운 패배를 맛볼 예정이었다.

하지만 그들에게는 역사의 오랜 지병인 나비효과로 인해 더 빨리 도착한 원군들이 있었다.

"그렇다면 프랑스군이 빠진 만큼 기갑 전력을 늘리지. 미군의 지원을 받을 수 있겠소?"

"물론입니다. 비록 우리의 훈련도가 좋지는 못하지만, 적어도 기갑만큼은 귀국 군대보다 오래 다루어 왔소."

미국 원정군 총사령관, 존 조지프 퍼싱은 당당히 말했다.

그리하여 퍼싱, 헤이그, 프렌치 프랑스 지원군 대표 페르디낭 포슈(Ferdinand Foch)가 논의한 끝에.

"후후후! 안 선배님, 드디어 우리 미국이 자랑하는 탱크가 독일 놈들을 찢어 버릴 때가 왔군요!!"

"말씀 좀 낮추십쇼, 연대장님. 지금 저는 부관에 불과합니다."

"아아아니!! 저에게 유—교를 가르쳐 주신 선배님이 어떻게 그런 하극상을 주문할 수가 있습니까!!"

"아니, 그러니까…… 에휴. 이럴 줄 알았으면 한국에 돌아갈 것을,"

그를 군 장교의 길로 영업한 어느 소설가가 '육군의 미래'라면서 기갑마저 영업하길래 남았다, 결국 미군 측에서 전쟁까지 하게 된 어느 아시아인 장교가 탄식하고.

"전 왜 아직도 여기에……."

"우리 영국의 자랑! 탱크에 타 보고도 그런 말을 하는가!?"

"아니, 그건 물론 대단하긴 했습니다만, 제 보직은 통신입니다!"

"잔말 말고 이리 와! 괜찮아! 지휘 전차에 타면 안전해!!"

"으아아아!!"

마찬가지로 영국 기갑의 아버지에게 납치당한 모 통신 장교가 비명을 지르는 가운데, 솜 전투가 진행되었다.

그리고.

타타타탕!!

"으, 으아아!!"

"겁먹지 마!! 이거 방탄이야. 이 개새끼들아!!"

그 전투는 그들이 예상한 것보다 쉽게 흘러갔다.

시대적 한계로 많은 결함과 고장이 발견되긴 했지만, 어쨌든 성과를 낸 전차들은 시제품까지 박박 긁어모아 프랑스에 배달됐다.

출고된 지 얼마 되지 않아 따끈따끈하기까지 한 블랙 팬서 무리는 무인 지대를 넘어서, 그 강철의 발톱으로 철조망을 마구잡이로 밟아 무력화했다.

검은 입 속에서 뿜어져 나온 포탄들은 기관총좌와 야포 진지를 '있었던 것'으로 탈바꿈시켰다.

"확실히, 전차가 움직이는 토치카 역할을 잘해 주는군."

"공격 준비 포격도 효과가 컸던 것 같습니다. 훈족 놈들, 맥아리가 없어요."

원 역사에서 '영국군의 악몽'이라 불린 솜 전투의 패배 이유는 여럿 있었지만, 제일 큰 이유 중 하나가 바로 탄약 문제였다.

안 그래도 토질이 물러 포탄이 제대로 터지기 힘든데, 그마저도 터지지 않는 불량품이 어마어마하게 많았고. 이 때문에 공격 준비 포격부터 후방 지원까지 뭐 하나 제대로 되는 게 없었으니까.

하지만 '내 영국에 불량품은 필요 없다'고 천명한 국방부 장관 몬티 밀러는. 그들에게 체임벌린제 '싸제' 고폭탄(High Explosive—HE)을 적극적으로 배달했고, 정상화된 탄약은 그 비싼 세금값을 제대로 치렀다.

"돌격, 돌격!!"

"명령받은 대로만 움직여! 전우들을 위하여!!"

"우리의 나라를 위하여!!"

그렇게 확보된 안전 속에서 참호를 점령하기 위해 내려가는 병사들은, 피부색과 출신, 종교는 다를지언정 같은 언어를 쓰고, 같은 군복을 입으며, 같은 책을 읽고 같은 생각을 나눈 동기들.

그들은 엘리엇 브라우닝 기관단총을 손에 쥐고, 훈련받은 대로 침착하게 방아쇠를 당겨 독일군을 몰아냈다.

"전군 진격!!"

"이제, 이 전쟁을 끝낼 때가 왔다!!"

그리하여, 바폼을 탈환하여 베르됭의 뒤통수에 자리 잡는 것은 시간문제였으며, 이는 곧 서부전선을 붕괴시키는 데에 성공했다는 것을 의미하며.

독일 제국의 명운이 초읽기에 들어갔다는 것과 크게 다르지 않았다.

* * *

'졌다.'

독일 제국군 사령관, 루프레히트 원수는 제가 살아 있다는 사실에 고통받으며 그렇게 생각했다.

그는 원수치고 대단히 젊은 나이긴 했지만, 자신이 지

키고 있던 곳이 얼마나 중요한 곳인지 모르지 않았다.

이제 베르됭에 돌출된 그의 동포들은 완전히 포위당할 것이고, 결국 후퇴할 수밖에 없을 것이다.

그리고 그 말은 곧.

'서부전선이 붕괴했군.'

끝이다.

루프레히트는 깊은 탄식과 함께 고개를 떨구었다.

독일 제국이 성립된 지 곧 50년. 이미 그는 바이에른 이전에 독일인이라는 생각을 갖고 있었으며, 독일의 안녕을 위해서 최선을 다했다.

하지만 그 결과가 이거라니…… 먼저 선전 포고를 해 온 프랑스인들에게 징벌을 내리지도 못하다니.

"신께서는 정녕 우리를 버리신 것인가……."

"아니요. 아직 버리진 않으셨을 겁니다."

자신보다 더 젊은 목소리에, 루프레히트가 고개를 들었다.

그러자 그곳엔 싱글거리는 표정의…… 관료?처럼 보이는 젊은이가 매력적인 미소를 지으며 그를 내려다보고 있었다.

"자네는…… 누군가."

루프레히트의 목소리에는 어쩔 수 없는 적대감이 섞여 있었다.

아무리 포로라지만 그의 신분인 원수는 이렇게 독방을

내줄 정도의 직함이다.

그런데 저자는 대체 뭐 하는 인물이길래 감히 그에게 알리지도 않고 이곳에 들어올 수 있단 말인가.

그런 그에게, 눈앞의 젊은 관료는 더욱 화창한 웃음을 지으며 말했다.

"처음 뵙겠습니다. 루프레히트 폰 바이에른(Rupprecht Maria Luitpold Ferdinand von Bayern) 왕세자 전하. 저는 대영 제국 국방부 장관, 루이스 몬태규 밀러라고 합니다. 편하게 몬티라고 불러 주십시오."

"모, 몬티 밀러?"

그 유명한 영국 최초의 삼군 통합 국방부 장관 말인가?

루프레히트 폰 바이에른 왕세자는 자연스레 긴장하여 그를 볼 수밖에 없었다.

'조지 왕세자의 심복, 자유당의 젊은 신진기수, 그리고……'

브리티쉬 비글(British Beagle).

겉으론 순해 보이지만, 기본적으로 지랄견이라는 평을 듣고 있는 자였다.

마셜 플랜을 추진해 보수주의자들의 기강을 잡고, 신무기를 받아들이지 않은 구식 군인들의 대가리를 깨며 국방부 장관으로서 승승장구한 사냥개.

그런 미친개가 그를 웃으며 바라보고 있다.

루프레히트 왕세자는 행여나 물릴까, 라는 생각에 슬

며시 뒷걸음질 치며 말했다.
 "그대가…… 왜."
 "하하. 너무 긴장하지 마십시오. 허심탄회하게, 왕세자 전하께 제안해 드리고 싶은 게 있어서 왔으니까요."
 "제안이라니, 그게 무엇인가."
 "일단, 이것부터 봐주시겠습니까?"
 몬티는 그렇게 말하며 품에서 전단지 하나를 꺼냈다. 루프레히트는 그것을 쓱 훑어보더니 눈살을 찌푸렸다.
 "흔한 정당화로군."
 "하하, 그렇게 보이십니까?"
 "당연하지 않나."
 전단지의 내용은 한 장의 기사였다.
 간단히 말하면 스위스와 핀란드 등 중립국의 합동조사단이 직접 조사를 해 본 결과, 벨포르의 선전 포고는 명백히 독일군의 소행임이 분명하다는…… 찌라시.
 "우리 독일이 선전 포고를 조작했다는, 전쟁 직후부터 프랑스가 꾸준히 떠든 얘기지. 이런 거짓부렁을 언제까지―."
 "'우리' 독일이라니요. 왕세자 전하."
 몬티가 여전히, 능글맞은 미소를 지으며 말했다.
 "만약 이게 사실이라고 칩시다. 그 경우, 책임이 있는 것은 어느 쪽입니까?"
 "그게 무슨……."

"제후국의 왕세자인 왕세자 전하께서도 모르고 계셨습니다. 그렇다면 이걸 알고 있는 자들은 누구일까요?"

"……."

……설마!?

루프레히트 왕세자는 흔들리는 눈으로 몬티를 보았다.

확실히, 확실히 그는 어디까지나 노블레스 오블리주 때문에 독일군에 입대했을 뿐, 총사령부(Oberste Heeresleitung)와는 거리가 있는 편이었다. 그러므로.

'만약, 아주 만약에.'

일국의 왕세자인 그조차 모르게, 베를린의 황제와 군사 귀족의 일부가 자기들 맘대로 이 모든 일을 꾸민 거라면?

즉, 그렇다면……!

"어떻습니까, 왕세자 전하."

몬티 밀러가 뱀처럼 속삭였다.

루프레히트 왕세자는 전쟁의 상황, 전후 책임, 그 외 기타 등등을 천천히 머릿속에서 굴리곤.

"……숙고해 보니 그대들 말이 맞는 것 같군! 빌헬름 황제라면 능히 그런 패악질을 저지를 수 있는 자고말고!"

그래, 그거다.

다시 생각해 보니 루프레히트 폰 바이에른은 바이에른인이 맞는 것 같다……!

＊　＊　＊

　서부전선이 붕괴했다.

　애꿎게 얻은 뵈르뎅에서는 순식간에 후퇴할 수밖에 없었다.

　퇴각하지 못한 독일군의 명운은 둘 중 하나였다. 죽거나, 살아서 포로가 되거나.

　이렇게 해서 삭제된 독일인들의 숫자만 무려 50만 명.

　아무리 황제가 총애한다 할지라도, 이런 상황에까지 자리를 지키고 있을 수 있으면 팔켄하인은 참모총장이 아니라 황제였다.

　"폐하, 신 팔켄하인! 독일의 귀한 생명들을 헛되이 소모하였으니 그 죄가 매우 큽니다!! 부디 백의종군하게 해 주십시오!!"

　"……그러시오."

　독일의 카이저는 서비스 종료다!

　하지만 모두가 싫어하고 단 한 명만이 좋아하는 팔켄하인이 사라졌음에도, 독일 군에서는 그 누구 하나 참모총장으로 올려야 한다는 말이 나오지 않았다.

　그도 그럴 것이.

　'이 난장판을 책임지라고?'

　'어떻게? 딱 봐도 개판인데.'

　'빌어 처먹을 황제. 조금이라도 일찍 바꿀 것이지.'

원 역사였다면 동부전선에서 새로이 전설을 쓴 전쟁영웅, 힌덴부르크와 루덴도르프가 등판하여 힌덴부르크 선을 새로 세우고 몇 년 정도는 더 버틸 수 있었을 것이다.

하지만 그 힌덴부르크는 결국 동부전선에서 풀파워 러시아의 브루실로프와 일진일퇴의 공방을 벌이고 있었고, 그의 강력한 에고 소드 루덴도르프 또한 저 패전 투수 자리를 고사했다.

―독일은 망했습니다. 장군.
―허, 자네가 보기에도 그런가?
―딱 봐도 그렇잖습니까. 저 자리에 들어가면 소방수가 아닙니다. 그냥 뒤 닦는 화장지지.

서부전선이 붕괴하지 않았다면 루덴도르프도 뭔가 방법이 있을 법도 했지만, 그건 공상 속의 이야기.

이미 전선은 붕괴된 이후니, 이것을 다시 세우려면 더욱 크나큰 무언가가 있어야 할 것이다.

'근데, 그걸 왜?'

물론 루덴도르프는 공명심이 매우 높은 인물이다. 그는 어디까지나 높이 올라가고 싶었다.

근데 그것도 목숨줄이 남아 있을 때 얘기지, 지금 저 자리에 가 봐야 영국, 프랑스, 미국, 러시아에 둘러싸여 흠씬 두들겨 맞을 것밖에 보이지 않는다.

황제에 대한 충성심이라도 있으면 모르겠는데, 그런 건 원래 없었다.
 힌덴부르크도 최소한 융커로서 공화정을 혐오하고 왕정을 지키고자 하는 구태 봉건주의자 정도의 마인드는 탑재하고 있지만, 애초에 중산층 출신인 루덴도르프에게 그런 게 있을 리가.
 그러느니, 차라리.

 ─병력을 온존하십시오. 장군.
 ─……호오.
 ─서부전선이 붕괴했으니, 조만간 뭔가가 터질 겁니다.

 루덴도르프의 예견대로였다.
 아무리 승리했다곤 하지만, 솜 전투 자체가 영혼의 한 타였고 피, 땀, 눈물을 다 짜내 돌격해 들어갔던 영국군은 휴식을 취하고 요충지에서 잠시 주저앉았다.
 그리고 그 대신.
 "아, 악마다! 메녹이다!!"
 "고, 공습이다!! 대피ㅡ!!"
 "아니, 아닌데?"
 전쟁이 격화되고, 호커와 뵐케 등 파일럿들이 후임 육성을 위해 후방으로 빠지면서, 새로이 각국 공군을 대표하는 3대장이 있었다.

프랑스의 '늙은 황새', 조르주 기느메르(Georges Guynemer).

독일의 '붉은 남작', 리히토펜(Manfred von Richthofen).

마지막이 영국의 '하얀 악마', 에드워드 메녹(Edward Mannock).

솜 전투에서 혁혁한 공습을 세운 메녹의 하얀 마귀 얼굴을 단 공습기가 나타났음에도 폭탄을 떨구지 않자, 독일군들은 의아해했다.

대신, 그곳에 내려온 것은.

펄럭—.

"……뭐야, 저거?"

"웬…… 낙하산?"

빳빳한 전단지로 만들어진 낙하산이 주먹만 한 주머니를 달고 내려왔다.

독일 병사들은 의아해하면서도 그 전단지와 함께 주머니를 확인했고, 그 안에는 놀랍게도.

"머, 먹을 거다!! 과자야!"

"이쪽엔 빵 쪼가리가 들어 있는데!?"

"뭐야?! 혹시 이거 보급용인가!"

"아니, 그럴 리가 없잖아!"

"젠장, 영국인들은 정신이 나갔나!?"

물론 양 자체는 간에 기별도 되지 않는다.

하지만 그게 뭐 어떻단 말인가. 순무 빵에 굶주려 있던 독일군들은 그거라도 먹어 치워야 했고, 곳곳에서는 다소의 쟁탈전이 벌어진 뒤에야 그것이 분배되었다.

"미쳤다…… 존나 맛있어……."

"누가 영국 요리 맛없댔냐."

"그건 그렇고, 이건 뭐야?"

그렇게 배를 채운 병사들은 문득, 뻣뻣한 코팅지로 되어 있는 전단지를 확인했다.

그 내용은.

"이, 이건?!"

"바, 바이에른 왕세자가 배신했다고?!"

"아니, 그게 중요한 게 아니잖아 지금!! 선전 포고를 우리 쪽에서 조작한 게 맞았다고!? 대체 이게 무슨 개소리야!!?"

이제까지 그들이 알고 있었던 것이 거짓이라는 진실.

만약 그들이 그저 배고픈 상태였다면 '이 새끼들, 배고픈데 또 개소리 나 지껄이고 있네'라면서 그저 불쏘시개로나 썼을 것이 분명했다.

하지만 이것을 받기 전 그들은 이미 빵을 받은 상태.

입 안에 이미 탄수화물의 정상적인 단맛은, 그 자체로 마음의 빗장을 몇 단계나 올려 버리고 있었다.

'만약에.'

'정말 만약에 그렇다면—.'

그때였다. 의심이 마치 독버섯처럼 피어오르는 가운데, 부사관과 별을 단 이들이 다가와 소리쳤다.

"지금 무슨 짓이냐! 당장 그걸 내놔!!"

"추, 충성!!"

그렇게 그들은 전단지와 주머니를 전부 뺏겼다.

그리고 조금이라도 무언가 먹은 이들은 그나마 양반이었다. 먹기도 전에 뺏긴 이들이 많았으니까.

첫 번째 '정신적' 공습은 그렇게 넘어갔다.

하지만 3일 뒤, 또다시 공습이 있었다.

이번엔 황새가 순회공연을 했지만, 그 빵조차 제대로 먹지 못하고 지휘부에 의해 뜯겨 버렸다.

일주일 뒤의 공습도 그러했고, 보름 뒤에도 그러했다.

"……야, 뭔가 이상하지 않냐?"

"뭐가."

"저거, 저렇게 병적으로 가져가는 거 보면 진짜 아냐?"

"에이, 설마……."

"지금 그딴 게 중요해?"

핏발 선 독일군 병사가 말했다. 그의 입에서는 빵다운 빵도 제대로 먹지 못한 배고픈 자의 단내가 물씬 풍기고 있었다.

"지금 중요한 게 저게 진짜냐, 가짜냐야!? 대체 왜 먹을 것까지 가져가는 건데!?"

"먹기만 해도 적과 내통한 거라던데."

서부전선이 있었는데요 없었습니다 〈99〉

"지랄하고 자빠졌네, 진짜."
"어? 야, 어디가!"
"어디 가긴."
벌떡 일어선 병사의 손에는, 반질반질 잘 닦인 소총이 들려 있었다.
"총살당해 죽는 거나, 굶어 죽는 거나. 똑같아."
"……."
그를 따라, 몇 명의 병사들이 더 일어섰다.
서부전선을 붕괴시킨 것은 총알이 아니라, 몇 조각의 빵과 전단지였다.

보르도 회담

서부전선이 여름날 아이스크림처럼 녹아내리고 있다.
그리고 그 주역, 영국은 언제나처럼.
아니, 그 이상으로 '국뽕'이 머리끝까지 치솟고 있었다.

─긴급 속보입니다! 영국 원정군이 솜 공세를 펼쳐 바푸메(Bapaume)을 점령하고 바덴(Verdun)을 구원했습니다!!
─속보입니다!! 바덴의 독일군이 항복했습니다!!
─승리했습니다!! 프랑스인들은 이제 안심해도 됩니다!! 서부전선이 붕괴했습니다!!
─루프레히트 폰 바이에른 왕세자가 평소 숨겨 왔던 영국에 대한 존경심을 드러내며 이 모든 것이 독일 황제의

음모라고 증언……!

 모든 신문이 호외를 때렸고, 모든 라디오 아나운서들이 목이 터지라 승리를 외쳤다.
 단순히 협동으로 이긴 것이 아니다.
 영국 단독으로 공세를 펼쳐, 독일군을 몰아냈다!
 프랑스는 그때 요새 하나에 꼬라박느라 지지부진했고, 미국은 어디까지나 보조에 불과했다!
 주역은 어디까지나 영국.
 그리고 그 원동력은 영국의 자랑, 전차 '블랙 팬서'!
 "캬아아아!!"
 "마스터, 여기 맥주 한 잔!!"
 "돈 내지 마! 오늘은 내가 쏜다!!"
 전국이 유니언 잭으로 휘영청 흔들렸다.
 이 순간만큼은 가장 강성한 아일랜드 완전 독립주의자들조차 환호성을 올렸고, 전국에서 빌헬름 흉상이 매진되었다.
 그리고 이 모든 승리의 주역.
 국방부 장관, 몬티 밀러에게 모든 영광이 돌아간 것은 당연한 일이었다.
 그도 그럴 것이.

 ─자유당 해군 장관, 몬티 밀러는 해군에 해괴망측한

장비를 억지로 도입시키려 했다.

―밀러 장관은 정말 전쟁에서 이길 생각이 있는가?! 영국의 장병들을 식민지 열등종과 마구 섞으라니!!

―오스트리아인과 작당하여 영국의 징병을 방해하다니, 몬티 밀러가 군대에 해악을 끼치려는 것은 아닌지 심히 의심된다고 모종의 군 관계자는…….

―미국인에 불과한 몬티 밀러가 뭘 잘했다고 국방부 장관으로 영전하는가?! 애스퀴스 총리는 각성하라!!

군 원로, 보수당, 그리고 순수주의자.

자유당의 문민 장관이자 미국 출신 부호의 아들인 몬티 밀러의 적은 많았고, 그들은 젊은 나이에 해군 장관을 거쳐 국방부 장관까지 올라간 그를 어떻게든 흠집 내 끌어내리려 애썼다.

하지만 역사적인 대승리를 이룬 지금, 그 모든 공격은 어떻게 작용하는가?

"꼰대들이 뭐래!?"

"이 승리는 전부 몬티 밀러가 개혁해서 이뤄 낸 것이다!!"

"허버트 키치너 전쟁 장관과 더글라스 헤이그 사령관이 해군 장관 시절 몬티 밀러를 지지했단다!! 몬티 밀러야말로 영국을 승리로 이끈 명장이다!!"

"몬티 밀러를 국회…… 아니, 이미 갔지? 몬티 밀러를 총리로!!"

무관심을 관심으로 돌리긴 어렵지만, 마이너스를 플러스로 돌리기는 매우 쉬운 법.

이제껏 몬티 밀러가 공격받았던 그 모든 요소 하나하나가 승리의 원동력이 되자, 몬티 밀러의 주가는 나날이 고공 행진했다.

그리고 그에 맞춰, 영국의 언론을 지배하는 흑막이 빠르게 포커싱을 지시했다.

당연하지만 그를 띄워 주라는 것은 결코 아니었다. 그런 건 이미 돈 냄새를 맡은 기자들이 알아서 언론 1면으로 내보내고 있었다.

몬티 밀러가 나고 자란 시골, 데번주 토키는 순식간에 성지가 되었다.

애쉬필드 저택에 사람이 너무 많이 와서 하인들은 물론이고, 밀러 상회 직원들까지 동원되어 인원을 통제해야 했다.

그 해 출생신고서에 '몬티', '몬태규', '몬테인' 등의 이름이 압도적 1위를 차지했고, 그다음으로 루이스, 3위를 더글라스가 이었다.

몬티 밀러의 누나, 매지 밀러가 편집장으로 있다는 잡지, 〈웨스트민스터 리뷰〉의 구독자가 순식간에 200% 증가했으며, 여동생 메리 밀러가 인기 추리소설 작가 '애거트 앨런'임이 밝혀지며 또 한 번 큰 파란이 있었고, 〈체이스 킴〉 시리즈가 순식간에 신드롬을 일으키며 다시 한번 전 영국의 필독서로 등극했다.

무수히 많은 시민 단체의 요청이 프레데릭 알바 밀러, 그리고 클라라 밀러 부인에게 쇄도했지만. 늙은 나이에 지나치게 부산스럽다며 조심스럽게 잔치를 고사한 것이 또 한 번 뉴스를 탔다.

'유럽과 아시아의 전쟁이 치열해 날마다 주검이 실려 나가는데 무슨 잔치를 하겠느냐'라는 이유였다.

무릎에 총상을 입어 잠시 본토로 돌아와 있던 어느 보병 소대장이 마찬가지로 '몬티'라고 불린다는 이유로 '자신도 언젠가 그분과 같은 위대한 전쟁 영웅이 될 것이다'라고 말한 것이 신문 헤드라인에 실렸다.

아일랜드 의용군 사령관이자 아일랜드 의회의 상원의원인 던세이니 남작 에드워드 플런켓은 물론, 그의 매형이자 대한제국 군인의 레슬링 선수인 김창수조차 지나치게 많은 뉴스에 실려 몬티 밀러에 대한 일화를 소개해야 했다.

그렇기에 모 재단 회장이 지시한 것은 철저히 두 가지.

—몬티 밀러가 아무리 대단하다고 한들 그는 결국 어린아이에 불과하며, 서부 식민지 출신의 졸부에 불과하고⋯⋯!

—국방부에 공산주의 간첩이 횡행하고 있다! 몬티 밀러는 알프레드 마셜과 작당하여 영국의 상공업을 말려 죽

이려 한 악적이며! 이것은 그가 마셜 플랜을 주장한 것에서 알 수 있……!

첫째, 의도적으로 '저열하기 그지없는' 안티들만을 내보내는 것.

모름지기 국격을 드높인 예술인이라 할지라도, 조카에게조차 손절 당할 정도로 빈곤하기 짝이 없는 인생을 사는 자들의 공격을 받기 마련이다.

하지만 그런 빈곤한 인간들이 잘 모르는 것은, 이런 어설픈 공격은 오히려 받는 자를 돋보이게 할 뿐이라는 것.

반대로 체임벌린이나 포드와의 과도한 유착, 아일랜드를 비롯한 식민지 해방 등.

진짜로 영국인들이 별로 좋아하지 않는 내용으로 태클이 걸려 버리면 진짜로 상처를 받을 수밖에 없기에, 의도적으로 공격을 제한하라는 것이 바로 첫 번째 수작이었고.

둘째로는…….

"한슬, 이게 맞아요?"

"응. 맞아."

몬티 밀러와 어렸을 때부터 함께한 어느 아시아인 집사에 대한 이야기를, 마치 가위로 자르듯 전부 통제하는 것이었다.

* * *

이스트엔드 〈앨리스와 피터〉 재단의 내 개인 서재.
"한슬!!"
"요, 축하한다. 우리 몬티. 이제 영웅이 다 됐네?"
나는 건방지게 서재 문을 부수듯 들어온 몬티에게 말했다.
그런데 이 녀석, 배가 불렀는지 칭찬을 해도 불퉁하게 말하는 것이 아닌가.
"아니, 그런 말을 할 때가 아니잖아! 뭐야, 저 뉴스 기사들!"
"왜, 잘 나오지 않았냐?"
"잘 나오긴, 무슨!! 왜 미주알고주알 다 까발린 거야?!"
"어허."
원래 그런 게 잘 팔리는 법이다. 온갖 위인전이란 이름의 프로파간다 학습만화를 보고 자란 내가 검증할 수 있다.
"그리고, 너 정도면 꽤 건실한 편이다? 중2병 시절 흑염룡이라든가, 이튼 스쿨의 사신이라든가, 샌드허스트 스매시 브라더스 리턴즈라든가……."
"그만해애애……."
"젊은 국방 장관은 젊었을 적부터 세계정복을 꿈꾸며……."

"으아아아아!!"

크흐흐흐. 나는 어렸을 때의 흑역사까지 발굴되어 온몸을 비트는 몬티를 보며 웃음을 참을 수가 없었다.

요놈, 〈영원한 49일〉때 일부러 나 놀렸지? 복수란 이토록 달달한 것이다.

"그런데, 왜 이렇게 한슬 얘기엔 칼질을 해 놓은 거야? 이번 기회에 한슬도 좀 방송 타고 좋잖아."

"에헤이."

아시아인이 방송 타면 뭐가 좋다고 그런 소리를 하냐. 나는 고개를 저으며 말했다. 그러고 보니 로웨나도 그런 말을 했지. 내가 칼같이 쳐 냈지만.

하지만 몬티는 끈덕지게 말했다.

"왜 안 돼. 그, 한슬이 예전부터 후원하던 그 타고르? 라는 분도 몇 년 전에 노벨문학상 탔던 인도인이라며."

"그 양반하고 내가 같냐."

나는 어이가 없다는 듯 말했다.

아, 그러고 보니 전쟁이 2년 일찍 터져서 노벨상 수상이 어떻게 될지 궁금했는데, 알아보니까 전쟁이 1912년 말에 터졌고 1913년엔 이미 어느 정도 소강상태가 돼서 무사히 타고르가 수상했다.

공란이었던 1914년엔 1915년 수상자인 로맹 롤랑이 수상했는데, 올해 1915년 수상자는 누가 될지 궁금하네.

아무튼.

"그 양반은 말 그대로 시인일 뿐이잖아. 뭐, 인도 본토에서는 금수저 토호시라지만, 그러니까 더더욱 이 영국 본토에선 아무런 힘도 없는 셈이고."

반면, 지금의 나는 지금 영국의 흑막이라는 오해(?)를 살 정도로 너무 많은 힘을 갖고 있다.

언론, 금융, 출판, 정치, 그리고 소소하게 추가하면 부동산까지.

이런 내가 아시아인이라는 게 까발려져 봐라.

그럼에도 좋아해 주겠다는 일부야 있을 수 있지만.

"그 이상으로 위험성이 너무 커."

"……."

"난 내가 네 족쇄가 되는 걸 원하지 않아."

나는 조용히 말했다.

몬티는 그런 나를 안타까움과 미묘함, 그리고 무언가 알 수 없는 감정이 뒤섞인 눈으로 바라보다가, 깊은 한숨을 탁 내쉬며 말했다.

"후. 알겠어. 알겠다고. 하지만 한슬."

"뭐냐."

"난 한순간도, 한슬이 내 족쇄라고, 그렇게 될 거라고 생각한 적 없어."

"……."

짜식. 진지하게 저렇게 말하면 내가 뭐가 되냐.

"아무튼, 무슨 일이야. 그것만으로 공사다망하신 국방

부 장관께서 여기까지 오진 않으셨을 텐데."

"그것도 그거이긴 했지만…… 일단 확인 좀 받으러 왔어."

"무슨 확인."

"독일을 어디까지 패도 되는 가."

"아, 그거."

나는 피식 웃으면서 고개를 끄덕였다.

"하긴, 슬슬 독일 끝이 보이지?"

"어. 조만간 보르도에서 회의할 예정이야. 그래서 말인데…… 쓰러트려 버려도 상관없는 거지?"

독일을.

몬티는 진지하게 말했다. 나는 고개를 끄덕이며 오히려 힘주어 말했다.

"그래. 오히려 그러지 않으면 곤란해."

"진짜 의외네. 난 한슬이 그렇게까지 독일을 싫어할 줄은 몰랐어."

"난 딱히 독일을 싫어하지 않아. 다만……."

나는 잠시 고민했다가 천천히 운을 떼었다.

"어설프게 끝장내거나, 어설프게 관대했다간 독일은 이런 대전쟁을 한 번 더 일으킬 거야."

"……진짜로?"

"응."

물론 내가 간접적으로 지원한 결과, 영국은 생각보다

더 쉽게 독일을 이기고 있다.

이러면 어쩌면 독일이 다시 전쟁을 일으키길 두려워할지도 모르지.

하지만 원 역사의 히틀러는 프랑스와 영국을 좆으로 봤던가? 아니잖아? 기만책이었다곤 한들 체임벌린 앞에서 설설 기는 모습을 보여 주긴 했다.

그 가오충마저 그랬을 정도로 독일의 공포는 확실했다.

하지만.

"그 이상으로. 독일인, 아니 민족의 인정 욕구는 얼마든지 그 이상을 할 수 있어."

민족주의, '민족' 개념 자체가 나쁘다곤 할 수 없다. 당장 나부터가 한국인 출신이고, 유대 민족주의를 이용해서 홍콩 이스라엘을 세워 줬는걸.

하지만 그것은 동시에 양날의 검이다.

술식 순전 민족주의, 술식 반전 국가주의가 결합하는 순간 허식 파시즘이 온 세상을 뒤덮을 것이다.

"무슨 말인지는 알겠는데…… 지금 외무부 입장하곤 정반대야."

"흐음. 걔들은 뭐래?"

"독일을 완전히 죽여 놓으면 프랑스가 유럽 1황이 될 텐데, 이걸 뭐로 견제하냐는데."

"아, 그거?"

나는 피식 웃으면서 고개를 저었다.
걱정도 팔자네, 진짜.
"그건 절대 걱정하지 말라고 해. 때려 죽여도 프랑스가 날아오르는 일은 없어."
"왜?"
"프랑스는 병신이거든."
나는 담담하게 말했다.
"최소 100년. 그 정도는 꾸준하게 병신일 거야. 자기들이 스스로 땅 파고 들어가서."

* * *

프랑스는 병신이다.
이 말을 들으면 이 시대의 모든 사람이 기함할 것이다.
그 나폴레옹의 나라, 위대한 서유럽의 중심, 유럽의 중국이 병신이라고?
뭐지? 이렇게 말했더니 마지막은 당연히 병신 같네.
아무튼 나는 21세기인으로서, 지난 100년간의 역사, 그리고 현대까지 프랑스 대통령인 마카롱인지 똥카롱인지 엄마 친구 겸 담임 선생 NTR하는 양아치가 똥 싸는 것까지 국제뉴스에서 보고 왔단 말이다.
애초에 세계 1차 대전 이후 100년 동안, 프랑스는 꾸준히 세계적으로 선진국이긴 했지만…… 무언가 제대로 두각을 드러내거나 유럽 1황 자리라도 차지한 적이 있었나?

그런 거 없다.

세계 2차 대전 때 6주 했고, 베트남과 알제리에서 똥 싸고, 그런 주제에 핵 만들겠답시고 나토 탈퇴한다 어쩐다로 찡찡댔고, 결국 EU 생기고 나선 통일 독일에 밀리고…….

물론 영광의 30년과 68혁명으로 경제적, 문화적으로 크게 발전한 것도 사실이다.

하지만 그게 과연 선진국 자리를 유지하는 데 성공한 것 이상의 의미가 있는가 하면…… 모르겠던데?

아까도 말했지만, 결국 EU 생기고 나서 유럽 본토 1황은 독일의 것이지 프랑스의 것이 아니다 보니.

아, 오해하면 안 되는 게 프랑스는 병신이라도 선진국은 맞다.

하지만 21세기 선진국 한국의 시민이라면 다들 알다시피, 선진국은 딱히 유토피아도 세계 패권국이란 뜻도 아니다.

그저 세계 최강국 미국에 손들고 발언권 얻을 정도는 된다는 정도지.

여기서 한국이야 원래 미국 따까리라 뭐, 좀 섭섭한 거 말고는 거기서 벗어나려고 굳이 지랄하지 않는다.

반면 프랑스는 그걸 인정하지 못해서 여러 가지로 지랄

하다가 더 병신인 게 많이 드러나는 편이지.

이렇게 된 원인?

글쎄, 여러 가지 있겠지만— 내가 보기엔 이거 하나다.

"독일이 깽판 칠 거라는 거랑 같아. 프랑스인들은 에고가 너무 강해. 시대의 흐름을 보지 못하고, 자신이 가진 식민지도 패권도 자존심도. 아무것도 놓고 싶어 하지 않지."

민족주의.

그것도 그냥 민족주의가 아니다.

아시아로 치면 중국에 해당될, 유럽 최강국의 이미지를 무려 백 년 전쟁 이래 수백 년 동안 갖고 있었다.

유럽의 패자 자리에서 한 번도 내려온 적이 없는 세계 최고의 나라. '위대한 프랑스'라는 자부심이 그대로 민족주의로 수렴한다.

그렇기에 그들은 식민지를 내놓으라는 시대의 요구에도 중지를 올렸으며, 설령 식민지를 내놓았을지언정 미국과 독일에 질질 끌려다니는 프랑스는 용납 못 한다는 이유로 중국과도 손을 잡는 짓도 서슴지 않는다.

그러니까.

"요컨대, 네가 어렸을 때 사탕 병에 손 넣고 못 뺐을 때랑 비슷해. 몇 개만 손가락으로 빼먹으면 될 걸 한 움큼 크게 쥐고 있으니까 병에서 손을 못 뺀 거야."

"……대체 언제 적 얘기를 아직도 해."

투덜거린 몬티는 알아들었다는 듯 고개를 끄덕였다.

"요컨대, 프랑스의 미래를 겁낼 필요는 없다는 거지?"

"그래. 지금 프랑스는 이제까지 그래 왔고, 앞으로도 계속 그럴 거야. 오히려 난 페탱이 신기한데."

필리프 페탱이라고 하면, 그 '비시의 원죄'로 이름난 매국노 아니었던가? 그런데 그 사람이 육군 기합이 철철 넘치는 엘랑비탈에서 벗어나 있었다니…… 아니, 오히려 그래서 비시 프랑스 우두머리가 된 건가? 이완용이 그랬듯 매국도 능력과 지위가 있어야 하는 거니까.

하지만 슬며시 알아보라고 한 결과, 그 페탱은 결국 '베르됭에서 너무 지지부진했다'라는 이유로 좌천당하고 한직으로 물러났다고 한다.

아무래도 나라를 팔아먹을 자리로 올라가진 못하는 모양인데?

그건 그거대로 참…… 뭐라 해야 할지 모르겠다. 나중이라면 몰라도 지금은 그 양반이 정답일 텐데.

"그리고, 프랑스의 원인이 그거라면— 우리 영국도 따라가지 않도록 해야 한다는 거네."

"뭐, 그렇지."

나는 여상하게 말했다.

프랑스가 어깨에 뽕이 어마어마하게 들어간 이유. 즉, 식민주의와 패권국으로서의 지위를 놓지 못했다—라는 것은 영국도 어느 정도 죽을 쑤게 만든 부분이다.

당장 세계 2차 대전 때 소련 뒤통수 치려고 들었던 게 지금 공군 장관으로 몬티 밑에서 구르고 있는 그 인간이니까.

 물론 역사가 워낙 많이 뒤틀려서 그런가?

 세계 2차 대전이 터질지, 그리고 그 전의 러시아 혁명이 터질지도 아직 내가 보기엔 불투명해지긴 했다.

 사실 안 터지면서 좋아질 수 있다면 그러는 게 제일 좋긴 하지. 여러 가지 의미로.

 어쨌든.

 "그러니까 네가 잘해야 해. 어설프게 독일 제국 명줄을 살려 뒀다가 다음 전쟁을 하게 되는 일도, 영국이 똥 싸다가 여러 사람 피눈물 나지 않게 잘해야 한단 말이야."

 "어휴. 알겠어. 알았다고."

 어깨가 무겁다는 걸 알았는지, 몬티가 깊은 한숨을 내쉰다.

 으휴 귀여운 놈. 이젠 애 아빠 다 됐다는 건 나도 알지만, 그래도 보고 있으면 여전히 열 살 꼬맹이 그대로 같단 말이지.

 "아무튼 무슨 말인지 알겠어. 안 그래도 생각해 둔 게 있어서, 밑 작업을 해 보고 있는 중이긴 해."

 "흐음. 뭔진 모르겠지만 힘내. 믿고 있다."

 "말로만 그러지. 결국 나한테 다 떠넘길 생각밖에 없으면서."

"네가 선택한 길이다."

악으로 깡으로 버텨라.

* * *

본래 역사에서, 이 시기쯤 제안되는 것은 최고 군사 회의(Supreme War Council)였다.

뒤늦게 참전한 이탈리아에게 어떤 지위를 줄 것인지 논의하는 라팔로 회의(Rapallo conferences)와 페시에라 회의(Peschiera conferences). 그리고 솜 전투에서의 졸전으로 협상국이 자기들끼리, 혹은 1:1로만 회의하는 게 너무 비효율적이라는 것을 깨달았기 때문이다.

하지만 솜에서는 이겼고, 서부전선은 붕괴되었다.

이제 프랑스와 벨기에에서 독일을 몰아내는 것은 고작 시간문제에 불과하다.

그렇기에 그들은 한데 모여 그다음을 어찌할지 논의하기로 했고, 그것이 이 고성(高聲)의 이유였다.

"당연히 라인강을 넘어 저 개 같은 놈들을 다 쳐 죽여야지!! 뭘 두려워하는 게요!?"

"아니, 이성을 가진 같은 기독교 문명인들끼리 그런 끔찍한……."

"머리에 총 맞았냐, 개새끼야!? 우린 파리가 넘어갈 뻔했다고!!"

그 누구보다 강경책을 주장하는 것은 당연히 프랑스.

총리 조르주 클레망소가 직접 노구를 끌고 와 타이거 피어(tiger fear)를 쏘며 독일에 대한 참혹한 징벌을 주장했다.

이는 어쩔 수 없는 일이었다.

클레망소 본인이 강경파인 것도 있었지만, 프랑스 입장에서 독일은 오랜 원한을 논외로 쳐도 선전 포고를 조작해 억울한 누명을 씌우기까지 한 불구대천의 원수다.

프랑스인들이 원 역사만큼 큰 피해가 없었음에도 지금처럼 독일에 대한 항전 의지를 불태우고 있는 것도 이 때문이었으며, 클레망소가 총리로 임명된 것도 수학 교수 출신 팽르베(Paul Painlevé) 총리를 비롯한 전임 내각이 지나치게 소극적이란 이유로 물갈이되었기 때문이다.

"패전국이라 할지라도 극단적으로 독일을 압박해서는 안 됩니다. 그 사회적 혼란, 그리고 전쟁 재발을 우려하지 않을 수 없지 않습니까."

"사회? 사회를 왜 남겨 둬야 하지?! 저들은 우리 프랑스 사회를 남겨 두려 했나?!"

"총리님. 제발 이성을 찾고 화해와 배려의 마음을 되찾으시길 바랍니다. 우리 모두 주님의 자식이 아닙니까."

반면, 온건적 대처를 주장하는 자는 당연히 미국.

이쪽은 당연하다면 당연했고, 아니라면 아니었다.

이러니저러니 해도 독일의 시장은 거대하다. 그런 시장

이 고스란히 멸망하고, 큰 피해를 입어야 하는 것 자체는 미국의 손해였다.

하지만 그것을 감안해도 우드로 윌슨의 온건주의는 지나칠 정도였다.

"'그 자식하고 이야기할 때면 꼭 예수 그리스도와 이야기하는 것 같다'고 진절머리를 치더군. 입만 열면 기독교 문명, 이성. 뭐 그런 얘기를 안 하면 입에 가시가 돋는 것 같다고 말일세."

"하하, 저도 얼핏 들었습니다. 굉장히…… 이상주의적이신 분인 것 같더라고요."

"대가리에 꽃 단 놈이라고 욕해도 되네."

허허, 이분 참.

국방부 장관으로서 보르도 회의에 참가한 몬티 밀러는 클레망소의 비서로 참가한 작가, 에밀 졸라를 보며 어이없는 표정을 지을 수밖에 없었다.

"아니, 그런 말씀을 대놓고 해도 됩니까?"

"잊었는가? 난 드레퓌스도 변호한 놈이야. 허허!"

에밀 졸라는 몽마르뜨 언덕 같은 배를 두드리며 그렇게 말했다.

몬티는 어째 이전보다 더 커진 것 같다는 생각이 들었고, 다이어트는 제대로 하고 있는지 묻고 싶었지만— 지금은 사석이 아니기에 다음으로 넘기기로 하고 다른 질문을 꺼냈다.

"그러면, 프랑스의 강경 기조는 가감 없이 진실이라는 말씀이시군요."

"그렇지. 조금이라도 더 나은 것을 받아 가고 싶은 것도, 미국과의 협상에서 무언가 양보받고 싶은 것도 아니야. 그저 누구 하나 없이, 그저 피를 원하고 있을 뿐일세. 최소한 책임자의 피를. 부끄럽지만…… 나 역시 그러하고."

드레퓌스의 옹호자는 그렇게 말하며 씁쓸하기 그지없다는 얼굴로 말했다.

하지만 몬티는 그 눈에서 읽을 수 있었다.

씁쓸해하면서도, 도저히 용서할 수 없는 악(惡). 그 자체에 대한 의분을.

'이분조차 이 정도인가.'

에밀 졸라는 단순한 지식인이 아니다.

프랑스의 이성이자 양심.

그런 그조차 양가감정 정도가 한계라면…… 몬티는 이제 프랑스의 분노를 막을 길은 확실히 없겠구나, 라고 생각할 수밖에 없었다.

그리고 다행인 일이긴 했다.

"저도, 나름의 방식으로 독일이 대가를 치르게 해야 한다고 생각하긴 합니다."

"오, 정말인가?!"

"예. 물론이죠."

몬티는 고개를 끄덕였다.

에밀 졸라가 임무 성공의 눈빛을 보였지만, 몬티는 잠시 접어 두기로 했다.

이 회의에 영국, 프랑스, 미국, 러시아, 그리고 이탈리아를 비롯한 신입 협상국들이 잔뜩 모여 있었지만, 결국 그 힘의 축은 영·프·미 3국으로 모여질 수밖에 없다.

온건파 미국, 강경파 프랑스, 그리고 아직 뜻을 정하지 않은 영국.

그렇기에 에밀 졸라는 캐스팅 보트를 쥔 영국의 의중이 무엇인지, 그 영국의 대표 중 하나이자 떠오르는 영웅…… 차기 총리와의 인연에 기대 몬티 밀러와 만나 조율하고자 온 것이다.

'뭐, 차기 총리는 너무 나갔지만.'

이 인기는 그저 전쟁이라는 특수 상태를 이용한 잠깐에 불과하다.

당내에서의 연공 서열 문제도 있고, 전후 처리 문제도 있다.

몬티는 너무 욕심을 내지 않기로 했다. 그는 젊으니까.

다만…… 이 전쟁의 '답'을 아는 것은 그 자신 뿐이니까. 이 인기를 이용할 생각은 있다.

"저는 외무부 장관이 아니니까요."

그런 생각으로, 몬티는 겸손하게 말했다.

"물론 에드워드 그레이 장관님과 어느 정도 조율은 하

고 있습니다만, 확실하진 않습니다."

"흐으으음."

에밀 졸라가 기이한 눈으로 몬티를 보았다.

"아니, 왜 그런 눈으로 보십니까?"

"말하는 게 참 많이 닮아졌군."

"예?"

"한슬이랑 말하는 게 참 판박이야. 음흉하기 그지없구먼."

"네에에에?!"

음흉이라니…….

자신이 어딜 봐서 그런 음침하기 그지없는 흑막 글쟁이와 닮았단 말인가?

몬티는 입을 딱 벌리며 발광했지만, 에밀 졸라는 낄낄 웃으면서 박장대소했다.

아니라며 발 빼는 모양새까지.

두 사람이 아는 한슬로 진과 판박이였다.

* * *

'음흉하다'라고 하기는 했지만, 몬티 밀러의 겸양이 결코 거짓은 아니었다.

독일의 초대 콧수염 대마왕 오토 폰 비스마르크가 말했듯, 독일에서 외교란 '러시아와 친하게 지내는 것'이라면,

영국에서 외교란 '프랑스를 좆같이 여기는 것'이다.

여기에 보수당과 자유당은 없다.

지금의 영프 간의 임시동맹 관계는 그저 극락—독일—마교가 등장하였기에 탄생한 오월동주, 좌우합작, 정사연합일 뿐.

'프랑스를 엿 먹일 수 있는데, 독일 좀 살려 둘 수 있지 않을까?'라는 생각이 안 들면 영국 외교관, 그중에서도 외무장관급 외교관이라 부를 수 없다.

"결국 우리는 승리했고, 협상을 하게 되면 알짜배기 산업지대인 알자스와 로렌은 결국 그 나폴레옹의 나라에 돌아갈 거야."

이미 그걸로도 프랑스는 얻을 걸 충분히 얻었다고 볼 수 있다.

한데…….

애스퀴스 정권의 외무장관, 에드워드 그레이는 고개를 절레절레 저으며 말했다.

"그런데도 불구하고, 라인강을 넘어 베를린을 함락하고 독일을 완전히 부숴야 한다? 협상을 통해 배상금을 받는 게 아니라? 어째서?"

"제가 초대해 데러온 경제학 전문가 후배 얘기를 들어 보니, 과도한 배상금은 오히려 독일의 반감을 크게 끌어낼 위험이 있다고 합니다."

초대라기보단 납치에 가까운 방식이었고, 본인은 절대

동의하지 않겠지만.

 기합 찬 이튼 스쿨의 끈끈한 선후배 관계를 실행했을 뿐인 몬티는 당당하게 말했고, 외무장관 역시 그 부분을 굳이 트집 잡지 않으며 물었다.

 "그러면, 우리가 왜 프랑스 좋은 일을 해줘야 하는지 말해 보게."

 "제가 보기에, 프랑스가 단기간에 회복할 수 있을 리는 없습니다."

 몬티는 머릿속으로 논리를 정리했다.

 물론 미래인에게 들은 근거 없는 자신감 충만한 이야기는 할 수 없다. 상대는 이성으로 움직이는 관료니까.

 아무리 과학계의 시몬 마구스이자 금융계의 노스트라다무스라 불린다 한들, 소설가에게 들은 내용이라고 하면 얼마나 웃음을 사겠는가?

 그렇기에 몬티가 떠올린 첫 번째 근거는, 국방부 장관으로서 그가 꾸준히 보아 온 내용이었다.

 "프랑스의 사상자가 너무 많습니다."

 제17 계획의 실패. 그리고 여러 번 치뤄진 마른, 아라스, 이프르, 아르투아, 그리고 베르됭.

 여기에 이루 말할 수 없는 자잘한 전투까지.

 세계대전 이전에도 프랑스는 출산율이 2명대였고, 인구는 이미 독일은 물론, 영국 본토에조차 추월당한 지 오래였다.

그런 프랑스에서 절반 이상의 인구가 모인 파리까지 전화에 휘말렸다.

사망, 약탈, 파산 피해자가 수도 없이 많아진 것은 당연한 일이다.

"더욱 심각한 것은, 이번 일로 경제 인구— 그러니까 한창 일을 해야 할 20세에서 40세 사이의 남성들이 제일 큰 피해를 입었다는 겁니다."

"흠, 당연하지. 그들이 제일 전투력이 좋은 군대일 테니."

"이런 상태에서 프랑스가 전쟁이 끝난다고 경제도, 국력도 회복될 리가 없습니다. 게다가…… 그들은 자존심에 큰 상처를 입었잖습니까."

몬티 밀러는 스스로 보고 판단한 것을 떠올렸다.

대표적으로 프랑스의 전쟁부와 논의했을 때, 그들은 눈에 띄게 영국의 '블랙 팬서'에 깊은 감명을 받았음을 드러냈다.

—그럼, 탱크에 들어간 엔진은 자동차 엔진과 큰 결에서는 다르지 않은 것이군요.

—그렇습니다. 물론 발전에 따라서는 어떻게 될지 알 수 없습니다만.

—하하! 우리 프랑스는 본래 세계 최초의 증기 자동차를 만든 나라지요! 괜찮습니다. 금방 귀국에 뒤지지 않는

탱크를 만들겠습니다!!

몬티는 차마 '그럴 예산은 있고요?'라고 묻지 못했다.
짐짓 호방하게 말하는 전쟁부 장관의 눈에서 '그깟 예산 따위가 중요하냐?'라는 듯한 광기를 엿보았기 때문이다.
마치 진짜로 예산만 있으면 탱크고 뭐고 생각할 수 있는 전쟁 병기는 전부 만들어 버리고 싶다는 의지였다.
"방위산업 자체가 쓸데없다는 것은 아닙니다만, 솔직히 ― 그것이 과연 국력 회복에 얼마나 도움이 되겠습니까."
"……하긴, 그런 거에 돈 쓰다가 결국 망해 버리는 나라는 수도 없이 많았지. 무슨 말인지 알겠네."
에드워드 그레이는 선선히 고개를 끄덕였다.
그가 보아도 프랑스 외교관들의 광기에 가까운 혐독(嫌獨)은 이해가 가면서도 납득가지 않는 무언가였으니까.
"문제는 다른 나라인데."
"뭐, 사실상 미국뿐이죠."
이탈리아는 '런던 밀약'으로 오스트리아―헝가리의 발칸 영토를 약속받았지만, 정작 알프스에서 틀어막혀 활약다운 활약조차 못 하고 있으니 사실상 발언권 없음.
러시아는 군세 자체는 어찌어찌 보존하고 있었지만, 그렇다고 해도 근본적인 전투력의 차이는 어쩔 수 없는지 '폴란드 지역'이라고 할 만한 부분을 전부 집어삼켜진 채

지지부진.

 사실상 서부전선의 조력을 원하고 있을 뿐이라 마찬가지로 발언권이 없었다.

 "솔직히 우리가 프랑스 편을 든다고 해도 미국이 꺾일지 어떨지 모르겠네. 윌슨 대통령은 자네도 보지 않았나? 난 그런 외골수가 어떻게 그 미국에서 정치인으로 대성했는지 모르겠네."

 "반대로 생각해 보시죠. 그런 정치인이 외골수처럼 보일 정도로 억지를 부리고 있다면…… 당연히 원하는 게 있는 게 아니겠습니까."

 "허? 자네, 뭔가 알고 있나?"

 "실은, 제가 왕세자 전하와 나눈 얘기가 좀 있습니다만—."

 몬티는 천천히 설명했다. 진중하게 듣던 에드워드 그레이는 흙빛이 되어 버린 얼굴로 경악하며 중얼거렸다.

 "……그런 짓을 했다간, 우리 대영 제국이 제국이 아니게 될 텐데."

 "하지만 이것이 시대의 흐름입니다."

 "어쩐지…… 프랑스의 피해를 본 자네가 입을 다물더니만."

 에드워드 그레이가 신음성을 토했다.

 몬티 밀러가 입을 다물고 있었던 것, 그것은 다름 아닌 영국의 피해였다.

보르도 회담 ⟨129⟩

승전 소식으로 어떻게든 가리고 있긴 하지만, 영국 원정군의 희생자들도 프랑스보다 좀 덜할 뿐이지 결코 가벼운 수준은 아니다.

그럼에도 불구하고 몬티가 적극적으로 독일군의 저항이 격렬해질 라인강 너머로 공격하자고 주장할 수 있는, 아니— 해야만 하는 이유는.

"대영 제국을, 진정한 보편제국(普遍帝國)으로 바꿀 겁니다."

몬티 밀러가 눈을 빛내며 말했다.

* * *

그리고 며칠 뒤.

영국 외무부 장관 에드워드 그레이가 의문의 두통을 호소하며 전권을 국방부 장관 몬티 밀러에게 위임하고, 몬티 밀러의 주도하에 미국과 협상한 뒤, 다음과 같은 내용을 담은 선언문을 발표했다.

1. 독일 제국과 오스트리아—헝가리 제국, 일본 제국은 즉각 무조건 항복하며, 모든 점령 지역에서 즉시 철수하고, 해당 지역의 주권을 복원한 뒤, 군사 시설, 무기, 병력이 협상국의 통제하에 놓일 것.

2. 독일은 국제연맹에 보고된 '벨포르 선전 포고 조작

혐의'를 증언하고, 3국은 중립국 벨기에와 한국 등에 자행한 무단 침략과 민간인 학살을 비롯한 전쟁 범죄를 인정하고, 범죄를 저지른 주요 인물들이 국제 재판에 소환될 것.

3. 독일 제국에서 호엔촐레른 가문, 오스트리아—헝가리 이중제국에서 합스부르크 가문, 일본 제국에서 덴노 가문의 '특수한 지위'를 박탈하며, 전후 민주적인 정부 체제를 수립할 것.

4. 세 나라는 국제 연맹에 재가입하여 국제법을 준수할 것을 서약하며, 협상국들과 함께 '모든 민족의 자결권(自決權)을 존중'하는 지속 가능한 평화를 보장하는 것을 목표로 할 것.

5. 만약 이상의 제안을 거부할 경우, 협상국은 전쟁을 재개하고 세계의 항구적인 평화를 위해 '적국'의 전쟁 능력을 적극적으로 거세할 것.

"우리는 그 어떠한 경우에도 이 요구 조건에서 벗어나지 않을 것이다. 다른 대안은 없다. 어떠한 지연도 용납하지 않을 것이다.(We will not deviate from them. There are no alternatives. We shall brook no delay.)"

일본이 꼽사리로 끼어 있긴 하지만, 어차피 보르도에서는 대륙 반대편의 머나먼 나라.

사실상 독일과 오스트리아—헝가리에 대한 최후통첩이

었다.

 이 선언을 무시하는 즉시, 라인강을 넘어 베를린에 무슨 짓이 벌어져도 영국과 프랑스를 비롯한 협상국은 책임이 없다.

 오로지 동맹국의 책임일 뿐.

 이에 대해 독일은 핏대 올리며 반대의 목소리를 높였다.

 "하! 건방진 놈들!!"
 "아직 우리에겐 동부전선의 군세가 남아 있다!"
 "폐하!! 힌덴부르크를 불러와 참모총장으로 삼으소서!! 그라면 저 건방진 놈들을 끝장낼 수 있사옵니다!!"

 순수하게 호엔촐레른 가문에 대한 충성을 불태우는 융커들도 있긴 있었다.

 하지만 그들에게 있어서 더 중요한 것은 전쟁 범죄. 즉, 군인들을 처벌하겠다는 얘기였다.

 카를 폰 뵐로를 비롯한 수많은 약탈을 당연하게 해 왔던 그들은 경기를 일으키며 이제껏 무시했던 힌덴부르크라도 참모총장으로 올려 아무튼 살아보겠다는 의지를 불태웠다.

 하지만 그와 달리.

 "……저거, 결국 '합스부르크'에 책임을 묻겠다는 거 맞지?"

 "그렇지. 그리고 독일이 선전 포고를 조작했다고? 그

럼 우리 책임은 그냥 맞서 싸운 것뿐 아냐?"

"아니, 그런데…… 모든 민족의 자결성을 존중해 준다고? 이거 설마?!"

'황태자의 원수' 세르비아를 처단하고자 전쟁을 일으켰던 원 역사와 달리, 그저 독일에 끌려갔을 뿐인 오스트리아는 굳이 그럴 필요가 없었고, 그럴 수도 없었다.

왜냐하면.

"우리 헝가리는 오스트리아를 손절한다! 언제부터 냄새나는 게르만 놈들이 우리 마자르족의 왕이었다고!!"

"체코도 마찬가지다! 보헤미아 민족이여, 일어나라!!"

"크로아티아 만세! 우린 더 이상 오스트리아의 압제를 받아들이지 않겠다!!"

원래부터 다민족 국가였으나, 이중제국이라는 우회책을 써서라도 유지하려 했던 것이 오형제국이라는 혼종 중의 혼종.

게다가 지금은 손을 뗐을지언정, 러시아가 한번 피어올렸던 민족주의의 불씨는 꺼지지 못했다.

그리하여.

"이중제국 내의 여러 민족들이 각자 민주정부를 주장하며 국제연맹 신청을 하고 있답니다. 어떻게 할까요?"

"그건 국제연맹이 알아서 할 일이죠. 뭐, 일단 쟁여 두라고 합시다."

이걸로 오스트리아는 끝.

러시아에 가해지던 동부전선의 압박도 줄어들었을 것이고.

이제 남은 건 빠르게 독일을 컷해 버리고, 태평양에서 일본을 불태워 버리면 된다.

그렇게 생각한 몬티는 하나씩, 독일 제국의 사형대 단추를 눌렀다.

"그래, 언제 라인강을 넘길 셈인가?"

"당장 넘을 필요는 없지요. 우리 애들도 많이 지쳤는데, 굳이 인명 피해를 남길 필요는 없고."

군공에 눈이 먼 처칠을 멀리하고, 대신 몬티가 불러온 사람은 전혀 다른 사람이었다.

"그래서 작가님, 이분들이 틀림없는 거지요?"

"틀림없네. 내가 전쟁 터지기 전에도 나라 꼬라지에 분통 터트렸던 사람들이야!"

"좋습니다."

버나드 쇼의 말에 몬티는 고개를 끄덕이며 서류를 다시 한번 확인했다.

그 첫 페이지에는 쿠르트 아이스너(Kurt Eisner)라는 이름이 적혀 있었다.

5장
템즈 강은 도도히 흐른다

템즈강은 도도히 흐른다

 보르도 선언이라 이름 붙은 최후통첩이 선포되고, 오스트리아—헝가리가 갈기갈기 찢어지며 완전히 핀치에 몰린 독일 제국.
 하지만 그 와중에도 제국의 상층부는 당당했다.
 정확히 말하자면, 황제는 당당했다.
 "힌덴부르크는 부르지 않겠다."
 "폐하!!"
 "대신, 오랜 세월 나를 위해 헌신해 준 베트만홀베크 총리와 의회에 국가 통치를 임시로 위임한다. 그리고 짐은 최전선인 벨기에의 총사령부로 옮겨, 군을 위로하고 승리를 위해 최선을 다할 것이다!"
 사실상 전쟁이 터진 뒤에도 목이 터지라 강화를 외치다

가 몸져누운 베트만홀베크와 사실상 역도나 다름없게 취급하던 의회에 모든 책임을 떠넘기고 도주하겠다는 말.

이 강짜는 흔한 19세기인다운 착각에서 비롯된 것이었다.

'아무리 그래도 짐이 황제인데, 황위를 박탈하기야 하겠는가?'

전통적으로 유럽에서 전쟁이란 그저 외교의 연장일 뿐, 좀 과격한 정치적 시위 형태라고 봐도 무방했다.

프랑스는 둘째 치고 영국과 독일의 끈끈한 관계가 있는데, 설마 나라가 망하기야 할까.

독일이 망하면 프랑스는 누가 견제하고, 저 러시아 타타르 놈들은 누가 막겠는가?

저 '최후통첩'이란 알량한 선언조차 보라. 각 황가의 '특별한 지위'라는, 에둘러 표현하고 있는 이유가 무엇이겠는가.

딱 전제 황권을 내려놓는 것 정도면 납득하겠다는 뜻이겠지. 나라의 주인인 황제의 사유권을 침해하겠다는 그런 뜻일 리는 절대로 없을 것이다.

물론 자기 최면에 가까운 그런 생각은, 세 가지 배신으로 완전히 꺾이고 말았다.

"무, 무어라?! 황립 해군(Kaiserliche Marine)이 반란을 일으켜!? 시위대, 시위대는 무엇을 하고 있느냐?"

"송구하오나, 폐하…… 시위대가 움직이지 않사옵니다."

"이, 이놈들! 명령을 어기느니 차라리 죽겠다던 '깃발의 맹세'는 어떻게 된 것이냐!?"

"폐하. 오늘날 그것은 그저 한낱 단어일 뿐입니다."

킬 군항의 반란, 그리고 군대의 배신.

군대만큼은 자신의 편이라 생각했던 황제는 여기서 첫 번째 배신을 당했고, 둘째로.

"힌덴부르크 장군, 이게 무슨 하극상이오!"

"기왕이면 혁명이라는 멋진 단어를 써 주십시오."

황제가 벨기에로 떠나, 빈자리가 되어 버린 베를린에 '봄'이 찾아왔다.

동쪽에서 H—L 듀오라는, 그 누구보다 혹독한 꽃샘추위가 찾아온 봄이었다.

"국가의 상황이 실로 엄중하니, 계엄령을 선포하고 나 파울 폰 힌덴부르크가 계엄사령관 겸 육군참모총장을 맡고 에리히 루덴도르프를 부사령관 겸 참모차장에 임명한다."

"우선! 나라의 위기를 틈타 파업과 시위를 일삼는 공산 빨갱이 놈들을 전부 죽여 나라를 정화한다!"

무고하다고 하면 거짓말이긴 하지만, 아직 준비 단계에 불과하던 카를 리프크네히트(Karl Liebknecht), 로자 룩셈부르크(Rosa Luxemburg) 등의 과격파 공산당 인사가 순식간에 '모란 죄'로 즉각 처형되었다.

온건파라고 해서 다르지 않았다.

사회민주당의 문짝에 못질이 박혔고, 프리드리히 에베르트를 비롯한 인사들이 체포 및 감금되었다.

  베트만홀베크가 병환 중에도 막아 보려 했지만, 그는 이미 도장 찍는 기계 비스름한 무언가였다.

  마지막으로 황제를 따라간 황태자 대신, 동부전선에서 싸우고 있던 둘째 아이텔 프리드리히 황자(Prinz Eitel Friedrich von Preußen)가 수많은 총구 속에서 독일 제국의 4번째 황제인 프리드리히 4세로 즉위했다. 이것이 두 번째 배신이었다.

  그리고 마지막 세 번째 배신.

  "네, 네덜란드! 네덜란드에서는 뭐라고 하는가?! 그들은 중립국 아닌가! 망명을 받아 줘야지!!"

  "송구하옵니다만, 폐하…… 그들은 폐하의 망명을 거절했습니다."

  "어째서!! 빌헬미나, 이 계집애가 기어코 옛 원한을 풀려는가!!"

  빌헬미나 여왕이 들었다면 기함할 일이었다. 키 문제로 선도발한 건 빌헬름 2세였으면서 왜 저 지랄인지…….

  물론 그것을 차치하더라도, 빌헬미나는 웬만하면 망명을 받아 줄 생각이었다. 아무리 그래도 군주의 체면이라는 게 있으니까.

  세르비아에게 황태자가 암살당한 오스트리아에게 끌려가는 정도의 죄라면 인간적으로 받아 줘야 맞다.

하지만 지금의 빌헬름 2세는 이미 커버 쳐줄 수 있는 선을 넘었다.

"선전 포고를 조작한 중범죄를 재판…… 받으라고 하십니다."

"……."

"폐하?"

"으아아…… 으어아아아아!!"

고성을 지르고, 현실을 부정하고, 모든 게 꿈이라고 되뇌어도 의미가 없었다.

그는 이미 더 이상 독일의 황제도, 프로이센의 국왕도, 그 무엇도 아니었다.

그저 한낱 노망난 노인에 불과한 자였다.

* * *

베를린의 새로운 정권을 차지한 자들, 힌덴부르크와 루덴도르프는 상황을 아주 모르지 않았다.

"항복하겠습니다! 빌헬름 2세는 지금 벨기에에 있어 체포할 수 없지만, 대신 새 황제와 베트만홀베크 총리가 책임을 질 겁니다!"

"저희는 동부전선에 있었기 때문에 프랑스와 벨기에에 끼친 전쟁범죄와도, 선전 포고 조작질과도 무관합니다! 제발 자비를 베풀어 주십시오!!"

사실상 '살려만다오! 독일도 작위도 모두 바치겠다!'에 가까운 H—L의 제안.

러시아 점령지만 좀 남겨 주면 안 되겠냐는 사소한 욕심을 부리긴 했지만, 이 정도면 충분히 납득이 가능할 것이다—라고, 힌덴부르크도 루덴도르프도 낙관했다.

하지만 그들은 서부전선의 분노를 너무 간과하고 있었다.

"이것들이 장난하나? 독일 오물 놈들은 전부 소각이다!!"

이건 프랑스의 반응.

"적법한 민주 정부와 협상하는 거라면 모를까, 당신들은 그저 쿠데타군에 불과하오. 우리는 불법 정부와 협상하지 않습니다."

도덕주의자 코스프레를 하고 있는 미국조차 극혐하며 질겁.

"자, 보셨죠? 프랑스와 미국이 결사반대하니 저희도 고집부리기 어렵군요."

"하, 하지만! 영국이라면 충분히……!"

"뭐, 물론 어렵더라도 고집을 부리면 막을 수야 있겠죠. 그런데…… 저희가 왜 그래야 하나요?"

"……!"

"돌아가십시오. 다음에는 베를린에서 뵙겠습니다."

실용적인 의미로도, 명분적인 의미로도, 그리고 미래

적인 의미로도 굳이 H—L 듀오의 편을 들어 줄 이유는 없다.

결국 독일의 외교관들은 헛물만 켜고 독일로 되돌아갈 수밖에 없었다.

그리고 이런 모습을 보면서, 발등에 불이 떨어진 이들이 있었으니…….

"어쩌지? 어쩌지? 어쩌지?"

"제기랄, 진짜로 독일을 끝장낼 셈인가? 그러면 우리는?!"

일본제국.

'독일 코인 풀매수 가즈아아아!'를 당기던 그들은 결국 상폐라는 공포스러운 결과를 직면해야 했다.

아니, 그냥 상폐면 말도 안 한다.

끝내 '황제 가문의 특별한 지위'를 박탈하고, 베를린에 유니언 잭을 꽂겠다는 저 엄격 근엄 진지한 의지를 보라.

어떻게 저 흉참하기 그지없는 '보르도 선언문'을 본국에 가져가겠다는 생각이 들까?

이대로 가면 죽는다.

저걸 갖고 가도 본국에서 찢겨 죽을 것이고, 가져가지 않으면 패전국 국민으로서 찢겨 죽는다.

고민에 빠진 외교관들은 머리에 머리를 맞대고 대뇌의 폭풍을 돌렸다.

"우리도 살아날 수 있는 방법은, 정말 없나?"

"그나마 다행인 건…… 프랑스가 의외로 우리에게 관심이 없다는 거요. 그들의 분노는 전부 독일에 쏠려 있으니, 당연하다면 당연하지."

"하긴, 베트남에 손을 댔다면 몰라도, 그럴 새가 없었으니."

문제는 필리핀 포위전으로 선빵을 맞은 미국과 일본에서 대표적인 반일 인사로 낙인찍은 몬티 밀러 국방부 장관.

"상식적으로 생각하면, 필리핀을 포위해 버린 우리 일본을 미국이 봐줄 리는 없는데……."

"아아, 어째서 본국은 그런 멍청한 짓을 했단 말인가!"

"……아냐, 아직 희망은 있다!"

곧 다가오는 1916년은 4년마다 돌아오는 미국 대선의 해.

그리고 선거 때마다 민주제 국가들은 어딘가 휙까닥 돌아 버린다는 것이 이미 국제 외교 사회의 정설이다.

물론 자신들에게 좋게 돌아 버릴지, 아니면 나쁘게 돌아 버릴지는 모르겠지만. 외교관들은 이 한 줌 희망에 걸어 보았고.

―허. 뻔뻔스럽기도 하군. 먼저 우리 식민지를 건드려 놓고 하는 말이 고작 그거요?

―무, 무척 통석의 염을 금할 수 없음을 전달하고자…….

—후…… 그래서, 얼마큼 가져오셨소.
—예?
—깽값 말이요. 깽값. 당신들도 상식이 있으면 먹은 걸 전부 뱉어야 한다는 것 정도는 알 텐데?

우드로 윌슨의 멍청한 이상주의가 그 잭팟이었다.
본래 본의 아니게 전승(戰勝) 대통령 타이틀을 달았고, 슬슬 시작될 1916년 재선에 이 캐치프레이즈를 사용할 생각이긴 했지만. 우드로 윌슨은 기본적으로 비현실적 이상주의를 꿈꾸는 몽상가.
윌슨은 전쟁 자체를 극도로 혐오하고 있었고, 그렇기에 전위적으로 '일본이 먼저 숙이고 모든 것을 물린다면 봐줄 수도 있다'라는 암시를 주었다.
외교관들은 천조국 황상의 은덕을 찬양했다.
"됐어. 본국에 전해! 중국에서만 물러나면 될 거야!"
"조선은 괜찮을까요?"
"저 미국의 대통령에게 조선 같은 작은 나라가 대수겠는가? 우린 이제 살았어! 산 거야!!"
"하지만 마지막 난관인 영국은……."
외교관들은 입을 다물었다. 영국에 대한 배신을, 그리고 저 몬티 밀러의 반일 감정을 어떻게 뚫어야 하나?
하지만 사람이 궁지에 몰리면 언제나 우회로를 찾아내는 법.

그들은 곧 싱크빅한 방법을 찾아낼 수 있었다.

"생각해 보니…… 굳이 몬티 밀러를 설득할 필요가 있나?"

"예? 그게 무슨 말씀이십니까? 지금 정권의 핵심 인사에, 국가적 영웅인 그를 설득하지 않으면 누굴……."

"잊었나? 영국도 민주정 국가야."

민주정 국가가 선거 때마다 정신이 회까닥하는 이유가 무엇인가.

당연히 '야당'이 존재하기 때문이다.

그리고 지금 영국의 야당은 바로.

"밸푸어 의원님!! 오랜만에 뵙습니다!"

"허어, 사토우(Ernest Satow) 경에 낯선 손님까지 이 늙은이를 다 찾아주시다니. 이게 무슨 일들이오."

근속 25년 차 만 년 야당이 되어 버린 보수당이다.

그리고 그런 보수당의 당수이자, 총리 자리에 그 누구보다 가까웠던 남자. 아서 밸푸어는 일본 외교관들의 말을 찬찬히 듣고는 고개를 끄덕였다.

"과연. 일본은 독일에 속아 넘어갔을 뿐, 영국과 척질 생각이 없다라……."

"그렇습니다! 말이 안 되는 것은 알고 있습니다만, 저희가 그, 본토 방위를 위해 중국 함대에 폐를 끼치긴 했습니다만, 그래도 이스라엘에서도 별로 손 안 댔고…… 아무튼 영국의 대함대가 굳이 일본까지 온다면, 그건 그

거대로 큰 손해 아니겠습니까?!"

"흠."

밸푸어는 콧수염을 만지작거리며 눈살을 찌푸렸다.

솔직히 그는 일본에 호의가 없다. 오히려 영국의 애국자로서 감히 먼저 배신을 한 일본 원숭이들에 대해서는 괘씸한 불쾌감이 더 크다.

하지만.

'이용해 먹을 수는 있겠군.'

열변을 토하는 일본의 밀사를 앞에 두고, 밸푸어는 생각했다.

'보자, 여기에 자그마한 가필을 한다면……'

보수당의 당수이자, 디즈레일리의 직계. 솔즈베리 후작의 후계자인 아서 밸푸어.

그 누구보다 총리가 되고 싶은 그의 전문이자 장기는 바로, '영국식 외교'였다.

'좋아. 그림이 예쁘게 나오겠군.'

보수당은 영국의 전통을 지키는 정당이다.

그리고 영국은 전통적으로 해적 국가였다.

* * *

영국이 오염되고 있다.

아니, 어쩌면 이미 오염되었을지도 모른다.

그것은 양식 있는 신사, 품위 있는 귀족, 그리고 기독교인이라면, 누구나 그렇게 생각하고 있는 바였다.

언제부터 뒷골목에 이렇게 많은 중국, 인도, 아프리카 식당이 생겼는가?

언제부터 길거리에서 여성 노동자들을 모집하는 포스터가 자연스러워졌는가?

언제부터 도서관과 극장의 이용률이 급감하고, 대신 라디오니 영화니 하는 퇴폐적인 문화가 주류가 되었는가?

특히 저 시끄러운 '테마곡'이니, 'BGM'이니 하는 천박한 음악은 무엇인가? 음악이 저렇게 노골적이고 감정선을 맘대로 건드리다니! 말세가 틀림없다.

하지만 이러한 외침은 공허할 뿐. '왜 장사가 잘되는데!?'라고 물어봐야, 실제로 장사가 잘되고 있다는 사실이 부정되진 않은 법이다.

얼마 남지 않은 친보수파 언론의 여론조사(이 역시 언제부턴가 자연스러워졌다) 결과를 받아 든 아서 밸푸어는 절망하며 생각할 수밖에 없었다.

'언제부터 우리 보수당의 지지도는 이렇게 떨어졌는가?'

처음에는 어쩔 수 없는 일이라고 생각했다.

아일랜드 분리주의의 대두, 보어 전쟁, 중산층의 성장, 그리고 빅토리아 여왕의 서거까지.

무엇 하나 보수당에게 유리한 점이란 없었으니까.

물론 양당제 정치란 본디 양쪽 날개로 나는 것이 아니

던가? 시대가 지나면, 세대가 변화하면, 그러면 다시금 보수당의 시대가 될 것이다. 그렇게 생각하며 은인자중하는 것이 정답이라 여겼다.

하지만.

'정말 그런가?'

정치인이란 그 누구보다 민심에 예민해야 하는 자들. 그리고 밸푸어가 보기에, 민심은…… 그들이 예상하지 못하는 곳으로 나아가고 있다.

당장 저 라디오만 틀어도, 이런 이야기가 당연히 나오고 있지 않은가.

〈물론 보호 무역은 좋습니다. 우리 영국 기업을 살리고 국부가 유출되는 거? 막아야죠. 하지만 교수님, 그걸 왜 우리 국민이 감내해 줘야 합니까?〉

〈아니, 국내 기업이 돈을 벌어야 서민들이 월급을 얻지요.〉

〈죄송합니다만, 기업이 돈을 번다고 직장인들 월급이 올라간 걸 본 적이 없는데요? 오히려 긴축재정 핑계로 부동산에 더 투자하지 않습니까?〉

〈그것은 지나치게 엄격한 가치관으로…….〉

구시대적 보호 무역의 환상을 깨는 경제 방송.

〈다음 소식입니다. 해로(Harrow)의 중국식 튀김집이 연일 인산인해를 이루고 있습니다. 단순히 아시아인들뿐 아니라 영국인들의 입맛에도 잘 어울리도록 개량했다고 하는데요.〉

〈휴가 나온 장병들에게도 인기 만점이라죠?〉

〈그렇습니다. 특히 식민지에서 온 장병들은 영국 요리에 입맛이 맞지 않거나 식사할 곳을 찾기 힘든 경우도 많은데, 이런 '패스트푸드'의 영향으로 대단히 안정감을 얻고 있다고 합니다. 소문에 따르면 이러한 사업은 〈앨리스와 피터〉 재단에서 추진하고 있다고 알려져 있으며…….〉

이문화에 대한 거부감의 약화.
그리고 마지막으로.

〈또다시 승리했습니다! 벨기에 국경을 넘은 영국 원정군이 벨기에 주둔군을 쳐부수고 카를 폰 뷜로 사령관을 체포하였습니다!〉

〈뷜로 사령관은 자신이 바로 벨포르에서 선전 포고를 조작한 실행범이며, 오로지 빌헬름 2세의 명령을 따랐을 뿐이라고 증언하며 사법 거래를 바라고 있습니다.〉

〈다만, 뷜로 사령관 본인이 벨기에 학살의 주범임이 확실시되고 있는바, 몬티 밀러 국방부 장관은 그가 엄벌을

피하는 것은 매우 지난한 일이 될 것이라……〉

전쟁 영웅, 루이스 몬태규 밀러.
'강한 영국'을 추구하는 모든 이들을 매료시키고, 보수당 대신 자유당에 표를 던지게 만든 괴물까지.

이래 가지고 어떻게 전후로 1년 미뤄진 1916년 총선을 치르겠는가.

아니, 앞으로 보수당이 어떻게…… 살아남을 수 있을까?

'이대로라면 우리 당은 망한다.'

아서 밸푸어는 그렇게 확신했다.

제일 환장할 것은, 지금 인기 절정인 몬티 밀러가 무려 30대밖에 안 된 애송이라는 점이었다. 밸푸어 자신의 고작 절반밖에 안 되는 나이이다.

이번에 승리를 양보한다고 치자. 그러면 그다음은?

지금 지지층인 구세대 귀족층도 오늘내일하는 이들이 대부분이다. 5년 뒤에도 그들이 살아남아 보수당에 표를 던져 줄 수 있을까? 10년 뒤에는?

몬티 밀러의 영광을 보고, '마셜 플랜'의 복지 혜택을 받으며, 유색인종과 부대껴 자란 수많은 이들이 투표권을 얻을 것이고, 당연히 자유당에 표를 줄 것이다.

전통적 백인계 귀족층은 점점 줄어들고, 중산층과 노동자 계급(Worker Class), 그리고 유색인종들은 점점 늘어

나는데, 그들은 전부 자유당의 텃밭이다.

그나마 노동당이 노동계급의 표를 분산해 받고 있는 게 다행이지만, 환장하게도 몬티 밀러는 노동당과도 친하다.

즉, 이른바— 세대교체.

보수당은 이제 시대의 흐름 뒤로 물러나고, 좌파였던 자유당이 우파, 극좌였던 노동당이 좌파라고 인식되는 시대가 온다.

아서 밸푸어는 그것이 두려웠다. 몸서리쳐질 만큼.

"대체, 일이 왜 이렇게 되었는지는 모르겠지만."

밸푸어가 까득 이를 갈았다.

솔즈베리 후작의 제자인 그는 도저히, 어느 미래인이 가져온 '문화의 힘'이라는 것의 존재를 인정할 수도, 인식할 수도 없었지만.

그럼에도 무언가 해야 한다는 것은 확실했다.

보수당의 생존을, 영국의 순수함을, 그리고 무엇보다.

〈의원님, 우드로 윌슨 미국 대통령과의 회담이 잡혔습니다.〉

"좋아. 바로 가겠네."

자신의 마지막 업적을 위하여.

며칠 후.

〈타임지〉와 〈데일리 메일〉, 그리고 〈데일리 익스프레스〉 등 보수파 언론들이 일제히, '이번 전쟁으로 일어난 영국의 인명 피해'에 대해 떠들기 시작했다.

* * *

그리고 이런 정황이 언론계를 양분하고 있는 내게 건너들어오지 않을 리 없다.
"아니, 그걸 어떻게 아는 건데."
"함스워스가 넘겨주던데? 밸푸어가 자기한테 자료 넘겨줬다고……."
"그 양반은 또 왜 그걸 한슬한테 넘겨주는 건데……."
"원래 담합이라는 게 그런 거란다."
나는 반쯤 음흉하게, 반쯤 씁쓸하게 웃으며 말했다.
진보의 글로벌 미디어사와 보수의 함스워스 그룹.
이 둘은 서로 경쟁 관계처럼 보이지만, 뒤에서는 이렇게 얼굴 한번 보지 않은 채 서로의 정보를 교환하며 페어플레이를 하는 관계다. 조중동과 한경오가 한편인 건 누구나 다 아는 사실 아닌가.
어쨌든 중요한 건.
"이게 생각보다 잘 먹히고 있다는 거예요."
로웨나가 진지하게 말했고, 몬티 역시 침울하게 고개를 끄덕였다.
몬티가 백방으로 뛰어다니며 어떻게든 줄여보긴 했지만, 결국 전쟁은 전쟁. 사상자는 생각보다 많았다.

당장 몬티가 개입하기 전에만 누적 사망자가 무려 20만 명에 달할 정도였고, 이후로도 꾸준히 사상자는 발생하고 있다.

"미리 말해 둔다만 몬티, 이건 네 책임이 아냐. 내가 예상한 것보단 훨씬 적은 사상자를 냈으니까."

"……알고 있어."

위로하려고 하는 말이 절대 아니다. 원래 역사처럼 백만 단위로 죽어 나간 그런 수준까진 아니니까.

하지만 정말 유감스럽게도 여긴 영국이다.

전쟁을 애호할 뿐인 독일과는 달리, 매번 승리만을 이룩해 왔다.

그들에게 전쟁이란, 찬장 위의 병에서 사탕 꺼내먹는 것이나 다름없었고, 이번에도 그럴 것이라 믿었다.

하지만 그들이 받아 든 성적표는 참혹 그 자체였다.

"승전 소식으로 어떻게든 덮고 있긴 했지만…… 눈에 보이는 숫자의 힘은 강력해요."

금융인인 로웨나가 하는 말이라 유난히 무겁게 들린다.

하지만 나도 이건 동감이다. 생텍쥐페리가 말했듯, 어른들은 숫자를 좋아하니까.

몬티는 깊은 한숨을 쉬며 고개를 저었다.

역시 보수당 귀족 나리들은 안 돼. 감히 등 뒤에서 이런 칼을 꽂을 준비를 하고 있다니.

"그래서, 그 강력한 숫자의 힘으로 뭘 하겠답니까?"

나는 말을 하는 대신, 햄스워스에게 입수한 '보도자료'를 내밀었다. 제목부터 큼지막하게 〈몬티 밀러는 전쟁 영웅인가, 전쟁광인가?〉, 〈영웅 밀러가 감춘 프라타스 패전!〉 등이라고 적혀 있었다.

명백하게, 전쟁 영웅 몬티를 깎아내리기 위한 수작이다.

그리고 이것이 의미하는 바는.

"역시, 전후 총선이 목적인가."

"그렇겠지."

다른 보도자료에서는 유난스러울 정도로 윌슨 대통령과 아서 밸푸어의 잦은 만남과, '평화'에 대한 매우 낯간지러운 이야기들을 적고 있었다.

대놓고 '전쟁광 프랑스+몬티 vs 평화의 사도 미국+밸푸어'로 프레임을 짜겠다는 노골적인 의지가 엿보인다.

하하, 참. 윌슨 이 인간은 내가 오기 전이나 온 뒤나, 도움이 안 되네 진짜.

게다가 이 '평화'라는 게 참 개 같은 게 뭐냐면.

"이게 보수당의 수작만 아니라면, 나도 반길 만한 얘기였다는 거야."

나는 씁쓸하게 웃으며 말했다. 이게 양면적이란 말이지.

21세기 한국에서 온 나는 전쟁이 그 자체로 개같다는 것을 안다.

그것은 수많은 창작물과 기록물, 그리고 북 돼지라는 살아 있는 전쟁의 증거를 고작 300km도 안 되는 거리 앞에서 보고 왔기 때문이다.

그런 내게 이 시대 영국인들은 얼마나 나이브해 보였겠냐고.

그런 사람들이 이제야 '전쟁은 참 나쁜 거예요!'를 외치고 있으니 나로선 참…… 진작 좀 깨달으라고 그렇게 말했는데.

"그 전쟁의 참혹함을 위해서라도 지금 멈추면 안 되는 거잖아."

"뭐, 그렇지."

나는 고개를 끄덕였다.

단순히 여기서 멈췄다간, 세계 2차 대전을 방비한다는 계획만 망쳐지는 게 아니다. 일본 어쩔 거냐? 설마 여기서 조선을 내주고 휴전을 한다, 뭐 그런 짓을 계획하고 있지는 않겠지?

그렇게 생각하다가도, '아서 밸푸어'와 '우드로 윌슨'을 떠올리니 골치가 아파진다.

한 놈은 전설적인 중동 3중 전세 계약으로 21세기까지 대대로 똥을 뿌린 그 영국식 외교의 대표 주자요, 한 놈은 이상론만 떠들면서 국제연맹 만들었다가 엎어져서(신체) 똥만 싸고 간 놈 아닌가? 충분히 가능성 있다는 게 진짜 무섭다.

"자! 심각하게 얘기하긴 했지만— 솔직히, 별일은 아냐."

나는 일부러 분위기를 환기하기 위해 박수를 치며 말했다.

물론 이게 그냥 전쟁, 하다못해 진짜 세계 1차 대전처럼 어어 하다 보니 끌려간 전쟁이었다면 이런 식의 양비론이 먹혔을 수도 있다.

하지만 대체 왜 그랬는지는 모르겠지만 전쟁을 일으킨 게 세르비아 독립운동가들이냐? 아니다. 팔 병신 빌곶제다.

여기에 벨기에서 학살에, 뜬금없이 터진 쿠데타까지.

"이 모든 것들을 모아다가 독일과 일본을 악의 축(axis of evil)으로 마케팅해 버리면 뭐, 그다음은 간단하지."

나는 짐짓 그렇게 태연하게 말했다. 성전(聖戰)이 별거냐. 이게 성전이지.

물론 왠지 여기에 이탈리아를 끼워 넣어야 할 것 같긴 한데, 역사가 뒤틀려서 그렇지. 지금은 1차대전이 맞고, 이탈리아는 좀 도움은 안 되긴 하지만 우리 편이다.

"뭐 하나하나 반박하는 방법도 있지만, 그건 솔직히 상대 프레이밍에 역으로 말려들어 가는 거라 하수거든? 그러니까 이럴 땐 역 프레이밍이 제일—."

"그거 자체는 좋은데…… 한슬."

몬티가 내 말을 끊고, 나를 똑바로 바라보았다.
"한 가지, 제안하고 싶은 방법이 있어."

* * *

진보와 보수. 이 두 성향이 아니더라도, 언론을 양분하는 ㈜글로벌 미디어와 함스워스 그룹의 차이는 꽤 컸다.

그중 대표적인 것이 바로 잡지와 신문. 이것은 주 종목이 문학인가, 아니면 기사인가를 판가름하는 것이기도 했다.

물론 이것은 어디까지나 소비자의 입장이고, 생산자인 작가들 입장에서 큰 차이가 있는가—하면 좀 다르다. 왜냐하면 대부분의 작가들은 둘 다 쓰니까.

'글 잘 쓰는 사람' 자체가 드문 이 시대에서 작가는 곧 기자고, 기자는 곧 작가였다.

당장 아서 코난 도일도 몇 번 기사나 논평을 함스워스 그룹의 신문사에서 보낸 적이 있고, 함스워스 그룹의 전문 기자들도 '아 나도 슬슬 부업 좀 해 볼까?' 싶으면 ㈜글로벌 미디어의 공모전에 출품하곤 했다.

오히려 전업으로 작가 일만 하는 한슬로 진이 독특한 케이스라고 할 수 있다.

그렇기에 한슬로 진만큼은 아니더라도 신문왕 함스워스도 나름대로 많은 작가를 봐 왔다.

정작 그 한슬로 진을 한 번도 못 본 것은 매우 아쉽지만, 애초에 성향 자체가 워낙 다르니까.

아무튼 중요한 것은 작가가 아니라 사업가인 함스워스 역시도 작가들이란 존재가 얼마나 비상식적이고 불성실하며 예의도 없는, 그냥 하루하루 똥 만드는 기계(어쩌다 가끔 황금 똥을 싸는)인지는 잘 안다는 것이다.

아니, 안다고 생각했다.

"하지만 이건 선을 넘었구려…… 러디어드 키플링 씨."

신문왕, 알프레드 함스워스는 불쾌한 눈으로 눈앞의 난쟁이를 보았다.

러디어드 키플링. 현재 영국에서 최고의 악명을 자랑하는 '분탕' 작가.

왕립 문학회의 손을 너무 일찍 잡았다가 작가 연맹과 척을 지고 영영 '작가' 취급받지 못하는 자이기도 했다.

그나마 글 쓰는 재주 자체는 악마의 재능이라, 함스워스는 그 재능이 아까워서 평론과 기사를 받아 돈 몇 푼 쥐여 주고 있었는데…….

"두려우시오? 노스클리프 자작 각하."

그런 작자가 감히 자신에게 이런 말 따위를 하다니. 언제까지 노벨문학상 후보 행세를 할 셈인지.

함스워스는 코웃음을 치며 말했다.

"두려움이라, 우습군."

"아니라면 이 특종거리를—."

"자신의 고뇌를 내게 투영하는 짓은 관두시는 게 좋을 거요. 한슬로 진에게 패배한 건 내가 아니라 그대가 아니요?"

"—어쨌거나, 이번 일이 단순히 내 복수심만은 아니라는 걸 당신도 알 거요."

말 돌리기는.

아무튼 그 태도에 함스워스는 모기를 때려잡은 소소한 기쁨을 느꼈다. 그리고 천천히 키플링이 가져온 '기사'를 다시 한번 읽었다.

"확실히 히트할 만한 소재이긴 하지만— 이런 음해라면 이전에도 얼마든지 진뜩 있었소. 당신도 알 텐데?"

"하지만, 이만큼 잘 정제된 것은 없었지."

"그렇지. 그래서 더더욱 이상한 것이고."

한슬로 진이 누군가? 같은 언론을 양분하고 있는 함스워스 자신조차 실마리를 잡을 수 없었을 정도로 얼마나 치밀하고 음험한 인물이다.

그런데 그 한슬로 진의 그물을 뚫고, 저 머릿속에 증오밖에 안 남은 퇴물에게 이런 고오급 정보가 흘러 들어갔다?

'부자연스럽군.'

그리고 그 말은 둘 중 하나였다.

하나는 저 퇴물이 이제 보는 눈까지 없어졌다는 뜻이고.

또 하나는—.

"안 할 거라면 됐소! 영국에 당신과 글로벌 미디어 말고는 언론사가 없는가? 영국이 안 된다면 미국에라도—!"

"좋소."

함스워스는 '미국은 쉬워 보이냐, GM사의 점유율은 오히려 그쪽이 더 높다'라고 말하는 대신, 키플링의 말을 적당히 자르며 말했다.

키플링은 눈을 크게 뜨고 그를 보았다.

"좋다니, 뭐가 말이요?"

"지면 하나를 내드리겠다는 거요. 〈타임스〉 1면까진 무리고, 〈데일리 메일〉 3면 정도는 되겠지."

딱 그 정도라면 적당히 발을 걸치면서도 사태를 관망하기에 충분할 것이다.

함스워스는 그렇게 생각했다.

그도 그럴 것이, 앵글로색슨의 민족 정론지인 더 타임스와 달리 〈데일리 메일〉은 타블로이드니까.

무슨 개소리가 나와도 면피가 가능한 것이 바로 황색언론 아니겠는가.

물론 키플링은 눈에 띄게 불만스러워했지만.

"고작 그 정도요?"

"싫으면 관두시오."

그래서 뭐 어쩌라는 건가? 애초에 지면을 내주는 것만으로도 감지덕지해야 하거늘.

결국 러디어드 키플링은 굴복했고, 함스워스는 다시 한 번 자료를 읽으며 생각했다.
'제발, 별일이 없었으면 좋겠군.'
그는 보수주의자였으며, 라이벌의 존재를 존중할 줄 아는 사업가다.
뜬금없이 폭사해 버리는 것은 원하지 않았다.

* * *

'한슬로 진은 영국 해군 장교 조지 알렉산더 발라드다.'
그런 미국발 '썰'이 나돌았던 것도 벌써 10년이 지났다. 이 썰은 미국에서는 어느 정도 정설로 인식되고 있었지만, 정작 본국인 영국에서는 많아 봐야 절반 정도의 지지를 얻고 있었다.
'해군 장교가 얼마나 할 일이 많은데, 그 일을 하면서 소설을 쓸 타이밍이 어디 있겠나.'라는 것이 반론의 요지였다.
그러나 그렇다고 남은 절반에서 이 이상의 설득력 있는 가설을 제시할 수 있으냐— 하면 그렇지 않았다.
알려지지 않은 재야의 천재 과학자, 철가면을 써야 했던 독일계 왕족, 바이런 가문 최후의 꽃이자 사생아 등등…… 온갖 추측과 낭설, 뜬소문이 올라왔다 가라앉으면서 진실은 가려지고 독자들도 이젠 피로감에 그 추측을 그만두었다.

　아무렴 글만 재밌으면 그만이지. 정체가 무슨 소용이 있단 말인가?

　하지만 지금도 타블로이드지에서는 간혹 '한슬로 진의 정체는 바로!'라면서 온갖 기상천외한 이야기들을 풀어냈다.

　물론 그것도 그나마 가능성이 있어서 올라오는 것이라기보단, '찰스 배비지 최후의 역작, 소설 쓰는 차분기관(difference engine)', '1만 년 뒤의 세상에서 온 미래인', '솔로몬의 71번째 악마 단탈리안(Dantalion)의 계약자' 같은 헛소리 나 올라오니 문제지만.

　그렇기에······.

　〈데일리 미러〉 3면에 〈한슬로 진의 정체는 '앨리스와 피터' 재단의 경영 고문 진한솔이다.〉라는 글이 처음 올라왔을 때, 사람들은 그저 개탄스러워했다.

　"아무리 보수 진영 신문이고, 총선이 가까워졌다지만······."

　"상대 언론사 사주에 대한 중상모략을 이렇게 풀어내도 되는 건가? 이거, 글로벌 미디어에서 고소 안 해?"

　"말도 안 돼. 경영 고문 진한솔이면······ 그 쿨리지? 한슬로 진 대신 헤이그 회담에서 연설했다는."

　"아무리 그나마 얼굴을 드러낸 간부급이라고 해도 그렇지. 중간관리직이 사실 정체를 숨긴 보스였다고? 〈던브링어〉를 너무 본 거 아냐?"

 말도 안 되는 소리였다.

 저말이 사실이라면, 저 한국인지 뭔지하는 자그마한 아시아의 소국에서 한슬로 진과 같은 불세출의 대작가가 튀어나왔다는 것이 아닌가.

 그 아시아인의 글에 자신들이 울고, 웃고, 화내고, 깊은 감명을 받고, 마음이 움직였다고?

 하물며 악질적이게, 글을 쓴 기자의 이름이 '러디어드 키플링'이었다. 그 퇴물 중의 퇴물이 한슬로 진과 아서 코난 도일 등 작가 연맹의 작가들과 사이가 매우 나쁘다는 것은 말하지 않아도 충분히 알려진 사실이다.

 그러니 독자들은 이 헛소리가 언제나처럼 다른 설이 계속 올라오며 묻힐 거라고 생각했다. 재미는 있었지만.

 하지만 무언가 이상했다.

〈한슬로 진과 몬티 밀러의 연관관계에 대하여 : 데번주에서의 믿을 수 없는 증언〉

〈진한솔과 아서 코난 도일이 함께 올림픽 경주를 관람한 사진〉

〈미국 증권 거래소에서의 진한솔과 발라드 대위의 모습〉

 〈데일리 미러〉뿐만이 아니었다.

함스워스 그룹도, ㈜글로벌 미디어도 아닌 중립 위치의 적당한 신문과 잡지에서도 소소하게 '한슬로 진의 정체는 아시아인이다.'라는 기사가 나오고 있었다.

만약, 이것이 사실이라면?

한슬로 진과 진한솔이 단순히 이름만 비슷한 것이 아닌 동일인물이며, 지금까지 그들은 아시아인이 쓴 글에 울고 웃은 것이라면?

"……그렇다면, 뭔가 달라지는가?"

"예?"

한슬리언 클럽 '산트렐라의 노래'의 그랜드마스터, 월터 스미스의 조용한 한마디에 좌중이 침묵했다.

그곳은 단순한 자리가 아니었다.

런던의 한, 선데이 로스트를 기가 막히게 잘하는 어느 펍을 전세 내서 열린 비정기 한슬리언 대회합의 자리였다.

영국에서 제일 광범위한 팬클럽의 회합이기에, 사이가 나쁠지언정 자리를 빛내기 위해 참석한 셜로키언까지 다수 참가한.

어쩌면 마지막이 될 수도 있는 그 자리에서, 그랜드마스터 월터 스미스는 확성기를 통해 담담하게 말했다.

"솔직히 말해봅시다. 한슬리언 클럽이지만, 그렇다고 해서 한슬리언의 글만을 읽는 것이 아니오. 우리 중에 내트슘(Natsume)의 글을 읽지 않는 자가 있던가? 미스터 야센이 편역한 중국 소설은 어떻소?"

"그들과 한슬로 진은…… 다르지 않습니까?"

뉴턴 연금술 학회에서 온 아마추어 과학자 한 명이 조용히 손을 들며 말했다.

그러자 월터 스미스는 그를 내려다보며 물었다.

"무엇이 다르오?"

"그, 그러니까 그들은 처음부터 황인이라는 것을 밝혔잖습니까. 우릴 속인 게 아니라요."

"물론 그렇지."

월터는 고개를 끄덕였다.

배신감은 의외로 큰 감정이다. 월터 역시 처음에는 크게 실망했으니까.

하지만 그는 이내 생각할 수밖에 없었다.

왜 그는 정체를 숨길 수밖에 없었는가? 내트슘과 야센은 이미 자신의 정체를 드러낸 뒤에 소설을 썼는데.

그리고 나서야 그는 이해가 갔다.

"아마도 자리가 없었겠지."

"그것은……."

"내트슘과 야센의 자리를 만들어 준 이가 누구요? 한슬로 진이요."

흔한 이야기다.

저 조지 엘리엇도 여성이라는 정체를 숨기고 글을 써야 했으니까.

제인 오스틴이나 브론테 자매가 여성이라는 것이 밝혀진 것도 최근의 일이 아닌가?

하물며 아시아인이라면, 쿨리라 불린 이라면 어떠했겠는가.

그는 스스로의 정체를 숨기고 스스로 자리를 만들 수밖에 없었던 것이다.

"하지만, 우리는 한슬로 진의 글이 백인의 글이라서, 영국인의 글이라서 좋아한 게 아니오."

월터 스미스는 조용히 말했다.

재미.

오직 재미만이 그들을 한슬로 진에게 이끌었고, 그들이 한슬로 진을 좋아하게 만들었다.

"아시아인의 글이라는 것을 안 뒤에, 나는 〈피터 페리〉를 처음부터 다시 정독해 보았소. 〈빈센트 빌리어스〉도 그랬고, 〈던브링어〉도 그러했지."

〈딕터 박사〉, 〈승리의 여왕〉, 〈바바 야가〉, 〈용이 흐르는 바다〉, 〈행성 전쟁〉, 〈지옥불〉, 〈성 바바라 학원 실험부 사건기록〉까지.

물론 처음 읽었을 때와 감상은 크게 달랐다. 이미 읽었던 책들이고 '아시아인'의 글이라는 것을 깨달아 버렸으니까.

심란한 마음으로 읽는 책의 문장이 제대로 눈에 들어올 리가 없다.

"하지만, 그럼에도 불구하고…… 재밌었소."
월터 스미스는 그렇게 말했다.
여전히 한슬로 진의 이야기는, 재미있었다.
슬펐고, 웃겼고, 화가 났고, 감동받았다.
그렇기에.
"나는, 여전히 한슬로 진을 사랑하오. 그것이 진심이오."
월터 스미스가 마이크를 내려놓았다.
정적이 흘렀다.
그리고, 얼마나 지났을까—
짝짝.
박수 소리가 흘러왔다.
그 흐름은 곧, 다른 사람에게 전염되었다.
짝짝짝.
그 전염은, 빠르면서도 확실했다.
짝짝짝짝—.
펍이 박수 소리로 가득 찼다.

I am Hanslow Jean

〈대영 제국 시민 여러분께.〉

〈처음 뵙겠습니다. 진한솔이라 합니다.〉

〈ABC 방송국 여러분의 도움을 받아, 이렇게 제 이야기를 전해 드릴 수 있는 기회를 얻었습니다.〉

〈저는 한국 출신입니다. 대략 사반세기 전, 중국 대륙과 일본 열도 사이에 있는 작은 반도국에서 왔습니다. 혹시 여러분 중에서는 포트 해밀턴(Port Hamilton)이라는 이름을 기억하고 계시는 분이 계실지도 모르겠습니다.〉

〈아무튼, 처음 이곳에 왔을 때는 대단히 당황스러웠고, 또 공포스러웠습니다.〉

〈그 이유는 다른 것이 아닙니다.〉

〈저와 같은 사람들이 이곳에서 어떻게 보일지, 알고 있

었기 때문입니다.〉

〈하지만 운이 좋아 있을 곳을 얻었고, 믿어 주시는 분들을 만났습니다.〉

〈그분들이 아니었다면 저는 분명 제대로 적응하지도 못하고 어느 길거리에서 객사했을 것입니다.〉

〈이분들에 관한 이야기는 다른 자리에서 더 자세히 할 수 있도록 하겠습니다.〉

〈저는 그때, 그런 행운이 제 인생에 유일한 행운일 것이라 생각했습니다.〉

〈하지만 이내, 그분들만이 아니라는 것을 알게 되었습니다.〉

〈제 재능을 인정해 주신 분이 계셨고, 제 뒤를 밀어주신 분이 계셨습니다. 다소 난폭하긴 하지만 제 이야기를 듣고자 하신 분이 계셨고, 먼저 제 친구가 되고 싶다며 다가와 주신 분도 계셨습니다.〉

〈제게 발걸음을 멈추지 말라고 조언해 주신 분도 계셨고, 아무것도 한 것이 없는 저에게 '덕분'이라고 해 주신 분이 계셨습니다.〉

〈너무나도 과분한 말씀이었습니다.〉

〈오히려 저야말로, 수도 없이 많은 분의 덕택에 지금 이 자리에 앉아 있습니다.〉

〈그래서 늘, 감사하다고 말씀드리고 싶었습니다.〉

〈그렇기에 저는 제 재산을 사회에 환원하고, 더 나은

〈것을 만들고, 세상을 더 좋게 만드는 것으로 족하다. 그렇게 생각했습니다.〉

〈하지만 정작, 저는 어느 순간부터 저 자신을 드러내는 것을 두려워했습니다.〉

〈언젠가 제 모습을 드러내고 싶었습니다. 그러나 하지 못했습니다.〉

〈제 민낯이 여러분께 어떻게 보일지, 여전히 무척 두려웠기 때문입니다. 저는 그저 익명의 뒤에서 겁을 내며 숨어 있었습니다.〉

〈저는, 공포로 눈을 가리고. 이것이 옳을지도 모르겠다는 두꺼운 자기합리화로 제 몸을 가렸습니다.〉

〈저는 대중작가입니다. 대중을 위해 글을 쓰고, 대중이 재밌어할 것이라고 생각하는 글들을 써 왔습니다. 대중들이…… 사랑할 만한 글을 써 왔다고 생각했습니다.〉

〈그러나 그러면서도, 저는 제 독자님들을, 대중을 두려워하고, 신뢰하지 못했습니다.〉

〈하지만 저는 최근, 그것이 제 일방적인 공포였다는 것을 깨달았습니다.〉

〈이토록 거대한 사랑을 받아 두고, 그것에 답하지 않는 것은 태만이라고 생각하게 되었습니다.〉

〈그렇기에, 이제는 당당히 여러분 앞에 말할 수 있게 되었습니다.〉

〈제가 한슬로 진입니다(I am Hanslow Jean).〉

〈감사합니다.〉

* * *

꾸욱.
나는 라디오를 눌러 껐다.
저 녹음 방송이 이제 영국 전역을 뒤흔들고 있을 거라고 생각하니…… 알고는 있어도 좀, 많이 낯이 뜨겁다.
"괜찮은가, 한슬?"
"하하, 좋지는…… 못하네요. 솔직히."
이제는 주름살이 그득해진 밀러 씨의 얼굴에 그늘이 지는 것을 보았으면서도, 나는 솔직하게 답할 수밖에 없었다.
어쩔 수 없지 않은가? 정체를 밝힌다니. 그건 한국에 있을 때도 안 해 봤던 일이다.
물론 지인 작가님들 중에서는 북토크도 나가시고, 대학 초청 강의도 진행하거나 하면서, 나름 얼굴이 팔린 작가님도 계시긴 했다. 나도 그런 분이 되고 싶다고 노력하긴 했지만— 난 그렇게까지 잘 팔린 웹소설 작가는 아니었단 말이지.
그런 내가 이곳에서 아무리 성공했다지만.
아니, 오히려 그렇기에 더더욱, 이 우생학과 황화론이 기본 OS로 탑재된 영국에서 정체를 밝힌다니. 도저히 왜 그래야 하는지 이해를 할 수가 없었다.

 게다가 내 신비주의 전략까지 고려해 보면, 상식적으로 보면 자살골도 그런 자살골이 없었다.

 그렇기에 나는 언젠가 밝혀야지 밝혀야지 하면서도…… 밝힐 생각을 못 했다. 그보다 쉽고 간편하며, 상식적으로 타당한 방식으로 빠져나가고자 했다.

 이해타산을 따져 보면, 그게 맞으니까.

 확률이 낮은 도박을 굳이 할 필요가 없으니까.

 ……그렇게 생각했는데.

 "몬티가 그러더라고요. 사람들을 믿어 보라고."

 처음엔 이해가 가지 않았다. 내가 사람들을 믿지 않았던가? 내가 쓴 글을 좋아해 줄 거라는 확신은 항상 갖고 있었다.

 하지만 잘 생각해 보니, 그건 신뢰이되 신뢰가 아니었고, 자신감이되 자신감이 아니었다.

 나는 재미를 갈구하는 사람들의 본능은 믿었지만, 그 글을 읽는 사람들은 믿지 않았다.

 그 글을 쓰는 내 손에 대한 자신감은 있었지만, 내 자신이 다른 사람들의 사랑을 받을 수 있을 것이라는 자신감은 단 1그램도 없었다.

 애초에 사람이 어떻게 이별까지 사랑할 수 있겠는가. 나는 있는 그대로의 자신이 사랑받을 것이라는 기대를 하는 게, 얼마나 제멋대로인 기대인지 잘 알고 있지 않았나.

지금 받고 있는 사랑으로 만족하자. 괜히 쓸데없이 나서지 말자.

그게 세상 사는 방법이다. 이제까지도 그렇게 잘 살아오지 않았나. 그럴 만한 힘도 있는데 왜 굳이 그걸 쓰지 않고 약점을 노출해야 하는가.

그런 식의, 당연하다면 당연한 이야기였다.

몬티도 이 이야기에는 제대로 반박하지 못했다. 그도 그럴 게 몬티도 이젠 아이가 아니고, 나름대로 다 이해할 건 이해하니까.

하지만 그런 이야기를 몬티와 나누면서 왜 내가 정체를 밝힐 수 없냐고 말하던 중.

어느 순간 불현듯.

"깨달았습니다."

"무엇을 말인가?"

"제가 변명을 해 오고 있다는 것을."

나는 잠시 먼 밤하늘을 보았다.

불필요한 일이라 잠시 잊고 있었지만, 이 시대로 온 첫날에도 저렇게 별이 가득했다.

당연한 일이었다.

데번주는 시골이고, 여기까지 산업혁명의 공해가 가리기엔 시간이 그렇게까지 많이 지나진 않은 시대니까.

그렇다. 여긴 1900년대 전후.

21세기가 아니다.

그것은 아시아인이 차별받는 시대라는 얘기만이 아니다.
　그것은 장르문학가가, 그 나름대로 정상적인 사랑을 받을 수 있는 시대이기도 하다는 뜻이었다.
　"별로 좋은 이야기는 아닙니다만, 제가 온 나라에서 장르문학가는 사람 취급을 받은 적이 거의 없거든요."
　나는 나직하게 말했다.
　황금만능주의 국가라는 한국에서, 웹소설 작가들만큼 돈 잘 벌면서도 얼굴 못 팔고 다니는 이들이 있던가.
　물론 익명이라는 게 마냥 나쁜 건 아니다. 이영도 작가님을 비롯해서, 자기가 싫어서 안 팔고 다니는 사람들도 당연히 있고.
　본래 작가란 생물이 워낙 반사회적이고 비윤리적이며 때때로 패륜적인 인종 아닌가. 게다가 숨만 쉬어도 언제 어디서 음해가 날아올지 모르는 월드 와이드 웹에서, 익명은 나약한 자아를 지켜 줄 방패였으며, 살아남기 위한 방편이기도 했다.
　그러나 그런 동시에, 작가는 관심받지 못하면 굶어 죽는, 이율배반적인 개복치 같은 생물이다.
　개인차가 있긴 하지만 음해만 날아오지만 않는다면 얼굴도 드러내 보고 싶고, 북토크도 나가보고 싶고, 좀 더 많은 관심을 받고 싶은 게 당연하다.
　내 경우는, 뭐…… 웹툰 작가들이나 김영하 작가가 예

능 나가는 거 보고 굉장히 부러웠다는 것만 얘기해 두자.

물론 이리 치이고 저리 치이는 웹소설 작가가, 무려 10년 가까이 성공하며 성장해 온 웹툰 작가들과 비교할 수는 없었을 것이다.

게다가 우리한텐 문단 카르텔이란 족쇄도 있지 않던가? 아무래도 한국 웹소설 작가나 장르문학이 그 정도까지 성공하기엔, 산업의 성장이 너무 미약한 게 맞았다.

하지만, 지금 이 시대는 다르다.

아서 코난 도일이 홈스를 죽였다는 이유로 시위가 벌어졌다는 것은, 그만큼 장르문학을 읽는다는 것 자체가 대중적이고 인정받았다는 뜻이었다.

순수문학과 장르문학의 차이가 벌어지지도 않은 시대다. 아니, 원래 한국과 일본 외 문학계 자체가 기성과 신성이 있을 뿐 순문과 장르를 구분하지 않기도 했고.

순수? 라고 물으면 아마 일리아스(Ιλιάς)를 말하는 건가? 하고 답하지 않을까.

왕립 문학회가 찰스 디킨스를 거부한 것은 스노비즘에 불과했으며, 역사는 디킨스를 승리자로 기록했다.

그렇기에 나는 이 시대라면, 장르문학가로서 훨씬 더 인정받을 수 있었다.

아서 코난 도일 작가님이, 톨스토이 작가님이, 마크 트웨인 작가님과 루이스 캐럴 작가님이 인정해 주신 나다.

그런 나를 누가 감히 부정하겠는가.

그럼에도 나는 겁을 냈다. 가면을 벗고 얼굴을 드러내지 못했다.

그것은 다른 사람들이 보기엔 마치, 코끼리가 벗어나고 싶다고 말하면서도 다리의 밧줄을 끊을 수 없다 투정부리는 것과도 비슷해 보이지 않았을까.

그 밧줄이 너무나 안온했기에, 나는 그것을 벗어날 수 없노라 변명했던 것이다.

그런 생각이 들자, 나는 그 순간 내 주변을 둘러볼 수 있게 되었다.

그리고 그 뒤에야.

몬티가, 매지가, 메리가, 로웨나가.

코난 도일 작가님이, 그리고 조지 왕세자 전하가, 그리고 체임벌린과 같은 다른 사람들이.

얼마나 나를 응원하고, 사랑하고.

용기를 낼 때까지 기다려 줬는지 알게 되었다.

길거리를 지나가면서 보았다. 내 글을 사랑해 주고, 애정해 주고, 갈채해 주는 사람들의 물결이.

그들의 모습에는 내가 걱정하던 어두움 따위는 없었다.

암(暗)이 없다고 할 수는 없겠지만, 분명한 명(明)이었다.

그렇기에. 나는.

"그래서, 몬티의 시험을 받아들였습니다. 그리고……."

"그럼에도 불구하고, 사람들은 자네를 좋아해 줬지."
"네."
나는 빙긋 웃으면서 그렇게 말했다. 밀러 씨 역시, 마주 빙긋 웃으면서 고개를 끄덕였다.
"그래, 기분이 어떤가?"
"글쎄요, 여전히 얼떨떨합니다. 낯설고, 제가 입어선 안 될 옷을 걸친 것 같은 느낌도, 들지 않은 것은 아닙니다만."
뭔가 결혼식이라도 한 번 더 할 때 같은 대사다. 하지만…… 어쩔 수 없지 않나.
로웨나가 사람으로서의 나에게 있어 평생의 동반자라면, 대중소설가로서의 내게 있어, 평생을 함께하지 않을 수 없는 관계는…… 역시 독자들일 수밖에 없을 테니까.
그렇기에.
"행복합니다."
나는 고백했다.
"그리고, 감사합니다. 밀러 씨."
"허허. 내가 뭘 했다고."
"제 첫 독자 아니십니까."
라디오에서 했던 말은 결코 빈말이 아니다.
밀러 씨가 아니었다면, 나는 길거리에서 객사했을 것이다.
밀러 씨가 내 재능을 알아 봐주지 않았다면, 나는 그저 일개 하인으로 평생을 보냈을 지도 모른다.

내가 대영 제국에서 작가로 살아남은 것은, 결국 밀러 씨가 시작이었던 것이다.

"그래."

멋쩍음을 숨기고 싶으신지, 밀러 씨는 그저 웃으며 슬며시 고개를 돌렸다. 그리고, 나와 같은 방향을 멀리 바라보며 말했다.

"이제부터 뭘할 생각인가, 한솔."

"그야 당연한 것 아니겠습니까."

나는 히죽 웃으면서 말했다.

"글을 쓸 겁니다."

나는 작가니까.

어떤 책이 될지는, 대중들이 바라는 것에 달려 있겠지만 말이다.

* * *

시티 오브 런던, 월섬 포레스트(Waltham Forest) 총선 투표소.

"내가 귀가 어두워서 그러는데, 다시 한번 말해 보시지."

멱살을 잡은 남자—군복과 견장을 보니 휴가 나온 상병이었다—가 대놓고 '이런 개자식아.'라는 말을 하지 않은 이유는 뻔했다.

투표소를 지키는 스코틀랜드 야드가 이쪽을 바라보고 있기 때문이다.

하지만 그 광경을 지켜보고 있던 사람들이라면 알 수 있을 것이다.

치안을 지키라고 있는 스코틀랜드 야드 또한, 폭력을 행사하고 있는 상병을 딱히 제지할 낌새가 없다는 것을.

아니, 오히려 은근히 폭행당하고 있는 자를 쏘아보며 눈치를 주고 있다는 것을.

그러나 그런 걸 알 눈치가 있었다면, 멱살 잡힌 이 백인 청년 또한 이 사람 많은 자리에서 쓸데없는 소리를 지껄이지 않았을 것이다.

"왜, 왜! 내가 틀린 말했냐?! 아무리 잘나 봤자 결국 쿨리가 맞다는 거잖아!!"

"맞아! 우리 찰스가 뭘 잘못했다고 이래!? 야, 너 어느 집안 놈이야!"

여기에— 사랑하면 닮는다더니, 이 골 빈 놈을 옹호하겠다고 나서는 귀족 집 영애 같은 여자까지.

이게 무식하면 용감하다 인가? 〈빈센트 빌리어스〉에 나온 그레고리가 제대로 튀어나온 것 같은 모습에, 멱살을 잡았던 상병은 깊은 한숨을 쉬더니.

쐐액!!

"컥, 커헉……!"

"갈빗대 사이로 폐를 찌르면 소리도 없이 컥컥거릴 수밖에 없지. 꼬라지 보니 〈바바 야가〉는 당연히 안 봤나 보군."

'살인자 빌'의 전매특허 중 하나. 도구 하나 없음에도 흔적 하나 없이 사람을 절명시킬 수 있는 비기(秘技)지만, 수양이 부족하여 단순히 횡경막을 조지는 것에 불과하다.

그것에 안타까워한 상병이 한숨 섞인 목소리가 빽빽거리는 여자의 목소리를 뚫고 선언되었다.

"벗겨."

"맙소사, 찰스! 찰…… 어?! 어어?! 뭐 하는 거야, 이 파렴치한 놈들이!?"

하지만 귀족 영애의 걱정과 달리, 상병의 말에 따라 달려든 사람들(여자도 있었다)이 벗긴 것은 그녀의 옷이 아니라, 쓰러진 남자 쪽. 그것도 발이었다.

그 발은 꼬릿꼬릿한 냄새와 두터운 각질에 휩사여 있었으나, 적어도 그 발목의 피부색만큼은 뽀글뽀글 거품을 뿜고 있는 창백한 얼굴과 크게 다르지 않았다.

그리고 그 말은.

"깨—끗하구만."

"참호 선에 한 번이라도 들어가 봤으면 그렇게 병자처럼 창백한 피부를 유지할 수 있을 리 없지."

역시 병신은 하나만 하지 않는다.

그것을 증명하는 청년을 보며 좌중이 한마디씩 하자, 여자가 소리를 빽 질렀다.

"그, 그게 무슨 상관이야! 우리 찰스는 명문 귀족가 후계자라고!! 남작가 대가 끊기면 책임 질거야?!"

"허이고."

"애초에 말이야, 애새끼들이나 보는 책을 어른들이나 보고, 부끄럽지도 않아?!"

"얼씨구."

예전이라면 모를까, 남작 따위가 무슨 귀족이라고.

좌중은 코웃음을 쳤다.

물론 돈 많은 지방 유지라면 조금 이야기가 다르지만, 런던에 투표권을 얻을 정도로 살면서 투표하러 나왔다면 그저 몰락 귀족일 뿐.

오히려.

"맙소사 이 눈부신 젊음과 제 발로 투표소까지 나올 체력, 그리고 그 헛소리를 내뱉을 허파, 거기에 노블레스 오블리주까지 있는데도 자진 입대하지 않은 건가? 무척 끔찍하군!"

그런 말과 함께 나타난, 매우 불퉁하기 그지없는 얼굴의 남자.

그리고 그 남자의 공군 파일럿 복장은 단순한 장병들 이상의 위압감을 주기에 충분했다.

무엇보다.

"다, 당신은 또 뭐야!!"

"내 이름을 묻는다면 대답해 드리는 것이 인지상정이겠지. 나의 이름은 윈스턴 처칠! 이 나라의 공군 장관이다!!"

그 어깨에서 찬란히 빛나는 한슬리언 팬클럽 '산트렐라의 노래'의 한 자릿수 회원증을 내보이며, 처칠은 소리쳤다.

"한슬로 진, 진한솔 경은 그 누구보다 이 나라와 영국인들을 위해 노력하셨고 그 노력을 인정받아 기사 작위를 받은 위대한 분이다! 그런 분을 감히, 전쟁에서 도망친 겁쟁이 따위가 피부색을 운운하며 모욕하려 드냐!!"

"옳소, 옳소!!"

"아직도 이토록 기열찬 귀족이 감히 얼굴을 들고 다닐 수 있다니! 스펜서—처칠 공작가의 후예로서 참을 수가 없군! 그 말은, 〈던브링어〉도 안 봤다 얘기렸다!"

"아악! 너무나도 끔찍하군요, 장관님! 대영 제국의 시민으로서 참을수 없는 기열입니다!"

"그 말이 옳다, 상병! 데려가라! 전우애 시간이다(It's Comrade time)!"

"뭐, 뭐야?!"

"살려 줘! 찰스! 찰스!!"

그렇게 그날, 2명의 투표권이 허공에 휘날렸으며, 대신 공군 사관학교 입대자 한 명과 구세군 자원봉사자 한 명이 새롭게 태어났다.

그리고 이 모든 일이 벌어질 때까지…….

"어, 경관. 오늘 별일 없었지?"

"충성! 그렇습니다."

"그래. 잘하자."

스코틀랜드 야드는 움직이지 않았다.

이 일은 영국 전국의 투표장에서 방방곡곡에서 산발적으로, 그리고 비슷한 시간대에 동시에 일어난 일이었으며.

그렇게 진행된 1916년 전후 총선의 결과.

자유당 449석.

노동당 127석.

보수당 3석.

대영 제국의 품위와 양식을 지키던 보수당은 폭발사산했다.

* * *

"그래, 정말 미루겠다 이건가?"

역사적인 대승을 거둔 전시 총리, 허버트 헨리 애스퀴스—.

그런 영광된 타이틀을 갖고 있긴 하지만, 애스퀴스는 절대 자신이 잘해서 또다시 총선에서 승리한 것이 아니라는 것을 잘 알고 있었다.

그렇기에 그 승리의 진짜 주역, 눈앞의 루이스 몬태규 밀러를 바라보았고— 몬티는 당당히 고개를 끄덕였다.

"그렇습니다."

"왜지? 난 자네가 총리가 되고 싶을 줄 알았는데."

물론 차기 총리는 자유당 내부 선거로 결정된다.

하지만 허버트 헨리 애스퀴스는 지난 10년간 헨리 캠벨배너먼의 후임으로 훌륭히 당을 이끌었고, 전쟁으로 크게 진이 빠지기도 했으니 슬슬 은퇴할 때.

그리고 명예롭게 은퇴하는 그의 힘은 충분히, 차기 총리를 지명할 때 강력한 순풍을 만들어 줄 수 있었다.

아주 듣도 보도 못한 잡놈을 올린다면 순풍은 고사하고 배 자체가 뒤집히겠지만, 루이스 몬태규 밀러 수준의 훌륭한 범선이라면 굳이 지명을 하지 않더라도 후임 총리가 될 수 있을 정도.

너무 젊은 게 문제라면 문제지만, 지금의 인기에 그런 게다가 거기에 지명까지 받는다면 아마 내부 선거 자체가 요식 행위가 되겠지.

그런데 그 영광의 길을, 몬티 밀러는 지금 스스로 고사하고 있는 것이다.

"예. 아직 전쟁은 끝나지 않았으니까요."

물론 서부전선은 끝났다.

남은 것은 쿠데타 듀오를 체포하고, 독일 제국을 '이었던 것'으로 만드는 것뿐이다.

하지만 몬티에게는 과오가 남아 있다. 바로 일본제국에게 패배했다는 과오였다.

그것을 깨끗이 씻기 전에는, 대영 제국의 총리 자리에 앉을 수 없다— 그것이 몬티의 주장이었다.

하지만 허버트 헨리 애스퀴스는 피식 웃으면서 고개를 젓고는 말했다.

"허허, 그게 아닐 텐데?"

"무슨 말씀이십니까?"

"자네, 지금 인생에 다시 없는 성취감을 느끼고 있지 않은가."

앗, 이런.

몬티는 활처럼 휘어 있던 입꼬리를 슬며시 내렸다. 하지만 그것은 이내 제 위치까지 곧바로 휘어져 올라왔다.

허버트 헨리 애스퀴스는 그것이 참을 수 없을 만큼 귀여웠다.

"하하하! 그래, 그랬군. 그래서 자네가 그렇게 유색인종들에게 호의적인 거였어."

"크흠, 흠! 우생학이 얼마나 잘못된 것인지 실감했으니까요."

"진심으로 말해도 되네."

"피부색이나 인종으로 운운하는 것들이, 얼마나 병신 같은지 알고 있었습니다."

몬티는 진지하게 말했다.

처음 만났을 때의 10살 때부터, 진한솔— 한슬로 진은 어설프긴 해도 입만 열면 오만 가지 신기한 이야기들이 흘러나오는 셰에라자드자, 바로 눈앞에서 바라보는 쥘 베른이었다.

그런 그를 내보이고 싶다.

내 형이 이렇게 대단하다, 그렇게 자랑하고, 동네방네 떠들고 싶었다.

"제 정치 행보는, 오로지 그것만을 위한 것이었습니다."

입문 이래 수십 년.

영국인들이 괜스레 두려워하지 않도록 지갑을 풍요롭게 하고.

전쟁을 기회로 유색인종과의 구분이 흔들리고.

그리고 영웅이 된 지금.

바로 지금이야말로, 영국인들이 한슬로 진에게 매달리게 할 수 있다.

물론 진한솔 본인의 고집이 이상하리만치 완고하긴 했지만— 결과적으로 실험이 성공했고, 그가 용기를 낼 수 있도록 할 수 있었다.

다 이루었다.

몬티 밀러가 잠깐, 그 라디오 방송과 총선으로 이어지는 일련의 과정을 보고서 느낀 감상이었다.

"그 목표를 이룬 지금, 굳이 급하게 총리를 할 필요는 없을 것 같긴 합니다."

"흐음."

"뭐, 좀 더 자신감 있게 말하자면— 언제든지 할 수 있는데, 굳이 지금 당장 할 필요는 없을 것 같습니다."

"하하. 지독하구먼."

허버트 헨리 애스퀴스는 쓴웃음을 지으며 말했다.

몬티 밀러가 고사했으니, 다음 총리는 확실하게 내무장관 데이비드 로이드 조지.

그리고 그는 애스퀴스 자신보다 몬티 밀러와 비슷하거나 더욱 급진적인 인물이다.

게다가 군대와도 적대적이니, 빠르게 '군축' 같은 식의 인기는 없지만 나라를 위한 정책을 펴겠지.

그 책임을 로이드 조지가 전부 뒤집어쓰고 퇴진한 뒤, 자유당에 대한 분노가 다 소진되었을 때, 몬티 밀러가 다시 총리 자리에 도전한다면— 아마 웬만해선 그를 막을 수 없을 것이다.

"뭐, 그게 아니더라도 일본제국을 조지고 싶다는 것은 진심입니다."

"흐음. 왜— 아니지. 그 한슬로 진, 진한솔 경이 한국 출신이라고 했던가?"

"그렇습니다."

애스퀴스는 고개를 끄덕였다.

어쩐지 진한솔이 성명문을 발표할 때 '밀러 가족'에 대해서는 입 뻥긋 하나 안 하더니.

'참 정치적이군.'

아마 자신을 주워 준 이들이 밀러 가문이고, 몬티 밀러가 바로 한슬로 진 자신을 위해서 그렇게까지 전쟁을 부르짖는다—라는 게 까발려지면, 즉각 보수당에서 '몬티 밀러는 한국인 진한솔과의 사사로운 감정을 위해서 일본을 공격하는 것이다'라는 음해와 역풍으로 어떻게든 살아남으려 들겠지.

그런 일을 막기 위해, 척하면 척이라고 한슬로 진은 입을 다물고 몬티 밀러는 순수하게 영국을 위해서 일본을 공격할 뿐이다.

사감은 없다. 알겠지?

"물론, 크흠. 영국을 위한 것이기도 합니다. 여기서 일본을 눌러두지 않으면 일본은 장기적으로 아시아 패권을 위해 우리와 경쟁하려 들 테니까요. 그리고—."

몬티는 씨익 웃으면서, 새 장난감을 받아 든 어린아이처럼 말했다.

"기왕 만든 거, 써먹어 봐야지요."

"흠, 뭐 알아서 하게나."

애스퀴스는 슬슬 집에 갈 인간에 불과하다.

더 이상 말을 얹는 것도 불필요하다. 하지만 몬티는 그런 그를 놓아줄 생각이 없었다.

"그 대신, 부탁드릴 게 하나 있습니다."

"호, 그게 뭐지?"

"아마, 로이드 조지 내무장관님도 거절하진 않으실 거라 생각합니다만—."

몬티 밀러는 잠시 뜸을 들인 뒤, 천천히 애스퀴스에게 말했다.

"전쟁이 완전히 끝난 다음에는— 외무장관 자리를 맡고 싶습니다."

7장
일본침몰

일본침몰

　한슬로 진의 정체가 조선인 진한솔이다.
　이 커밍아웃에 대해 몇몇 인물들은 몇십 년 가까이 묵은 샴페인을 터트렸다.
　"자, 한잔 들게."
　"자, 작가님 이거는 좀 많……!"
　"시끄럽네!! 내가 얼마나 답답했는 줄 알고서 그런 말을 하는가?!"
　"아니, 아직 왕세자 전하한테 끌려갔을 때 숙취도 아직 안 풀렸거든요?!"
　"다행이군. 해장은 원래 술로 하는 걸세."
　"사, 살려……!"
　결국 그날 술 지옥이 된 작가연맹에서, 한슬로 진은 홀로 당당히 들어간 로웨나 진—로스차일드에게 구출되었지만.

밤의 의무방어전에서는 아무도 구해 주지 않았다는 야사는 둘째 치고.

이것은 단순히 그레이트브리튼 섬 하나만을 울린 것이 아니었다.

이에 대한 반응은 총 다섯으로 요약할 수 있었다.

첫째, 수용.

"한슬로 진이 동양인이라고? 그래서?"

"지금 그게 중요해?! 독일인만 아니면 되는 거야!!"

"애초에 정통 영국인이 아닌 것만 해도 얼마나 다행이야?!"

물론 어디까지나 고작 그런 거에 신경 쓸 타이밍이 아니라는 쪽에 더 가깝지만, 아무튼 프랑스인들은 그러했다.

두 번째 반응, 우울.

"맙소사, 어쩐지! 마크 트웨인 그 껌둥이에 환장한 놈이 그렇게 싸고돌더니만!!"

"대체 왜 글 쓰는 놈들은 전부 빨갱이 아니면 유색 인종이냐! 아, 통탄스럽다! 우리 백인들의 신성한 기독교 가르침을 지켜 줄 우익 문학가는 대체 언제 나오는 거냐?!"

"잭 런던은……."

"그놈 표절해서 날아갔잖아! 문학상 타올 만한 놈 말이야!"

 미국 남부, 혹은 호주 등의 백인 우월주의자들은 작년에 이어 또다시 침잠해야 했다.

 타고르는 인도인이고, 프랑스의 로맹 롤랑도 유명한 좌파 빨갱이 아닌가?

 대체 왜 멀쩡하게 글 쓰는 인간은 죄 좌파란 말인가— 라는 반응이었던 거다.

 세 번째, 협상.

"한국이라. 낯선 이름이긴 하지만…… 아시아인이라는 데에는 틀림이 없는 것으로군."

"그렇습니다. 그렇기에 귀국, 인도를 비롯한 식민지의 상황에도 깊이 공감하고 있지요. 저를 보낸 것만 봐도 확실하지 않습니까?"

"아아, 알겠소. 그러면 우리 인도인들이 해야 할 일도 명확해지는군."

 넷째, 분노.

"우, 〈우주 전쟁〉을 쓴 한슬로 진이 동양인이었다고!? 이, 이 간악한!! 이 간악하기 그지없는 원숭이 놈이 짐을 홀린 것이구나! 나는 이 사악한 원숭이의 마수에……!"

"아, 좀 닥치고 계십쇼!"

 마지막 다섯째.

 부정.

"하, 한스로 진이…… 조선인?! 그 진한솔이었다고!?"

"이것이 사실이어선 안 돼. 아닐 거야!! 대체 이래서야, 어떻게 휴전하고 영일 관계를 회복한단 말이냐!!"

일본제국의 상층부는 패닉에 질릴 수밖에 없었다.

그들은 이토 히로부미가 그러했듯, 짧든 길든 서양에서 유학하여 일본의 근대화를 성공시킨 이들.

그렇기에 그들은 백인들의 차별이 얼마나 극심한지, 그들 사이에서 '사람으로 인정받기'가 얼마나 어려운지 잘 알고 있었다.

그래서 선택한 것이 '아시아'.

백인이 없는 아시아인들끼리 힘을 합쳐서, 제일 근대화에 성공한 일본이 그 사이에서 최고라고 인정받을 수 있다면 능히 아시아의 영국, 백인 국가에 버금가는 열강이 될 수 있다. 그렇게 여겼는데…….

'그럴 필요가…… 없었다고?'

'황인도 할 수 있었나? 저 조선인 같은 열등한 자들도 충분히 할 수 있었던 것인가?'

'그저, 우리들이…… 실패했을 뿐인 거였나?'

질척질척한 열등감, 패배감, 그리고 좌절감.

함대를 만들고, 군사를 기르며, 시멘트와 벽돌로 이루어진 건물들을 세우며 치유받고 있던 그 검은 감정들이, 원훈들의 깊은 흉터 자국에서 배어나왔다.

이 점에서는 군부도, 문관들도, 외교관들도 상관없었다.

그것은 흑선이 내항한 이후 그들의 마음속에 깊이 자리 잡아 있던 트라우마였으니까.

다만.

"자, 봤나? 우리도 할 수 있다는 걸, 그리고 그럴 수 있는 사회야말로 진정한 문명국이라는 것을 진―한소루 경께서 보여 주신 것일세."

"정말 대단합니다, 나츠메 선생님!"

"우리는 지금까지 문명에 대해서 아무것도 몰랐습니다!"

그런 것은 어디까지나 낡은 이들의 생각일 뿐.

한슬로 진의 뒤를 따라 영국에서 성공한, 그리하여 일본의 소설가 지망생들의 정신적 지주가 되어 몰래 귀국한 나츠메 소세키.

영국에서 모 보디빌더를 소개받고 건장한 몸을 (강제로) 갖추게 된 그는 자신을 따르는 학생들을 둘러보며 천천히 고개를 끄덕였다.

"알아주어서 다행일세. 자네들이야말로 우리 일본의 새로운 동량지재들이야."

학생들의 눈에서 진정한 문명의 빛, 민주주의와 계몽주의에 대한 열망이 붉게 타오르고 있었으니.

훌륭한 빨갱―― 아니, 애국자의 눈빛이 아니라 할 수 없었다.

"하지만 선생님, 그러면 저희 목요회(木曜會)는 어떻게 활동하면 되겠습니까?"

"고토쿠 선생의 사회민주당에 가입하면 될까요? 아니면, 사람들을 모아서 반전 시위를……."

"아니, 자네들이 지금 당장 뭔가를 하라는 얘기는 아닐세."

나츠메 소세키는 한슬로 진의 조언을 떠올렸다.

무언가 반정부 활동을 직접적으로 할 필요는 없다. 그런 것은 오히려 탄압받기 너무 쉬워지는 일들이니까.

대신 중요한 것은 바로.

"체급을 키우세."

한슬로 진이 전해 준 그대로 나츠메 소세키는 말했다.

"일본에 돌아온 김에, 내가 출판사와 라디오 방송국을 열 생각일세. 잡지도 출간할 예정이고."

"오호, 그 말씀은!!"

"그래. 모두들 집필진으로 참여하여, 한 사람이라도 더 많은 사람에게 지금 자네들이 깨달은 것을 전해 주게. 그럼으로써 민의(民意)를 모으는 거야."

드디어 영국의 저 작가들처럼 데뷔를 하는구나!

목요회의 새싹 글쟁이들의 눈이 반짝반짝 빛났다.

사실 글쟁이들에게 있어 제일 중요한 것이 얼굴 들이미는 것이지, 전쟁이 어떻고 시위를 하는 것이겠는가.

그렇게 말하는 그에게, 누군가가 손을 들고 물었다.

"그것만으로 괜찮습니까?"

"괜찮네, 류노스케 군."

이제 갓 20대. 아직 채 꽃피지도 않았지만, 그 봉오리로 보아 분명 아름다운 꽃을 피워 낼 것이 분명한 소년을 따뜻한 눈으로 바라본 나츠메 소세키가 웃으며 말했다.

"어차피 우리가 총을 든다고 야마가타를 죽이겠나, 아니면 다이쇼를 죽이겠나?"

"서, 선생님!"

"무얼. 우리가 지금 하는 일이 무슨 존황양이(尊皇攘夷)던가?"

다른 사람도 아닌, 대영 제국의 국왕과 왕세자를 어깨 너머로 보고 온 나츠메 소세키는 코웃음을 치며 말했다.

이 지구상에서 가장 존귀하고 권세 높을 왕족조차 그처럼 허물없고 털털하기 그지없는데, 이 나라의 황제라는 것들은 그 이름조차 제대로 부르지 못한다니…… 우습기 그지없지 않은가.

물론, 그것과 현실성은 별개지만.

"아무튼 우리가 원하는 건 민주주의의 완성일 뿐이지, 천황제를 폐하는 게 아닐세. 애초에 그들을 죽인다고 우리 맘대로 영미에 항복할 수 있겠나?"

"그건…… 아니지요."

오히려 그들 모두가 반역자로 몰려 군부에 숙청당하는 것이 빠르다.

나츠메 소세키는 고개를 끄덕이며 말했다.

"그래. 그러니 우리는 펜으로, 그리고 지면으로 싸우는 것이야. 이것이 우리들의— 작가들의 싸움법이라는 것일세."

"……놀랍군요. 그것도 한슬로 진 경에게서 전수받으신 것입니까?"

"뭐, 음."

그 순간, 나츠메 소세키의 머릿속에서 '한슬로 진의 싸움법'이라 불릴 만한 온갖 방법들이 스쳐 지나갔다.

협잡, 인맥, 돈지랄, 인신공격, 그 외 기타 등등.

물론 그 진행이나 구조 자체가 좀 더 세련되고, 깔끔하며, 자신도 모르는 채 수렁에 빠트리기에, 대중들은 그런 일이 있는 줄도 모르고 지나간다고는 하지만—.

"크흠. 그렇지."

어차피 그건 그가 따라 할 수 있는 방법도 아니다. 그렇다고 눈을 반짝이는 저 아쿠타가와 류노스케(芥川龍之介)와 같은 목요회 꿈나무들의 마음을 짓밟을 수 없기에.

나츠메 소세키는 자세한 건 살포시 무시하기로 했다.

"아 참, 긴노스케."

"응? 무슨 일인가?"

"자네 처가는 안 데려왔나? 나카네 어르신이 데려간다고 했던 것 같은데."

"아, 쿄코는 아이들 유학 때문에 놓고 왔고, 장인어른은, 음……."

나츠메는 잠시 입을 다물었다. 그리고 짐짓 활짝 웃으

며 말했다.
"걱정하지 말게! 잘 지내실 걸세!!"

＊ ＊ ＊

물론, 나카네 시게카즈는 잘 지내고 있었다. 그것도 영국 정부 요인들의 융숭한 대접을 받으면서.

―〈살려만 주시오!! 내 뭐든지 말씀드리겠소!!〉
―뭐라는 거야, 이 원…… 아니, 간첩 놈이? 영국에 왔으면 영어로 해!!
―으아아아!!

영국 비밀정보국(Secret Intelligence Service), 국외 파트 담당 MI6.

해군성 소속의 비밀 장교들이었던 그들은 모종의…… 말하기 어렵고, 절대 극비로 해야 할 이유 때문에 작가연맹과 긴밀한 관계를 맺어 왔다.

그리고 그 결과가 지금, 해군 장관 출신 국방장관이 접대하고 있는 어떤 일본 귀부인과의 만남에서도 드러나고 있었다.

"감사합니다, 나츠메 부인. 덕분에 한시름 덜었습니다."
"아녜요. 어차피 이렇게 쓰실 예정이었잖아요?"

나츠메 쿄코.

나츠메 소세키의 아내이자, 나카네 시게카즈의 딸은 몬티가 내민 차를 홀짝이며 차갑게 말했다.

"어차피 본국이 지는 해라면, 최대한 빠르게 영국의 손을 잡는 편이 낫지요."

필요하다면, 부친을 팔아넘겨서라도.

원래 역사에서도 금전 감각이 없는 남편을 대신해 목요회를 비롯한 후학들을 후원했던 현모양처는 담담하게 말했다.

오히려 지나치게 담담하여, 몬티 쪽이 더 당황할 정도였으니.

"솔직히 저나 남편, 그리고 무엇보다…… 제 아이들이 목숨을 부지하고 있는 것만으로도 정말 다행이지 않습니까? 그리고 그 은덕이 진—한소루 상…… 한스로 진 작가님이라는 것은 이미 다 알고 있습니다."

그렇다면 가신(家臣)으로서 주군의 명을 받들어야 하지 않겠는가.

나츠메 쿄코는 겉으로 보기엔 알긴 어렵지만, 자세히 보면 살짝 봉긋한 배 속의 여덟 번째 아이를 쓰다듬으며 빙긋 웃었다.

실제로 나츠메 부부의 아이들이 전원 〈앨리스와 피터〉 재단의 후원으로 장학금을 얻을 예정이고, 특히 장녀 후데코와 차녀 츠네코는 이미 누나 매지가 다니던 아가씨

학교, 고돌핀 스쿨에 반쯤 공짜로 다닐 정도로 많은 후원을 받고 있다.

그 모두가 이 나츠메 쿄코가 한슬로 진과의 교섭으로 얻어 낸 것이라는 걸 아는 몬티의 입장에선…… 새삼 '엄마란 때로 무서워질 수 있구나'라는 생각이 들 수밖에 없었다.

추가로, 오늘은 야근을 취소하고 무조건 빨리 퇴근하여 아내 마리아와 아들 마크를 봐야겠다는 생각 또한.

"그러니, 부디 이겨 주시지요. 그래야 저희 가족도 무사하지 않겠습니까?"

"물론입니다. 부인."

전문적인 이야기로 돌아오자, 몬티 밀러는 이내 안색을 되찾고 고개를 끄덕였다.

"대함대가 패배할 일은 절대 없을 겁니다."

뿌우우우우.

그런 몬티의 말에 화답하듯, 창밖의 먼바다에서.

마개조를 끝낸 세 척의 커레이저스급(Courageous—class) 신형 경순양함, 커레이저스(HMS Courageous)와 2번 함 글로리어스(HMS Glorious), 3번 함 퓨리어스(HMS Furious).

3척의 신병기가 출항의 뱃고동 소리를 크게 울리고 있었다.

* * *

 본래 감정이란 격랑(激浪)과 같다.

 일본제국의 강력한 현실 부정은 단계를 거쳐 점차 수용으로 가야 했지만, 그것이 너무 강력한 결과 다른 쪽을 부정하기 시작했다.

 바로.

 "진한솔, 한슬로 진이 있는 이상 영국과의 화해는 불가능하다는 것이 밝혀졌소."

 "……그래서, 어찌하자는 것이오?"

 "뻔하지 않은가! 영국과 사생결단을 내야 하오!! 아니, 필요하다면 모든 서양과!!"

 이성을 부정하는 군부의 폭주라는 형태로.

 "점령지에서 모든 금속을 갹출하고, 사지 멀쩡한 남자는 무조건 징발하라!!"

 "필리핀을 점령하고, 안남(베트남)을 공격하라!!"

 "이대로 싱가포르까지!! 동인도 제도도 마찬가지다!!"

 "백인들은 배신할 위험이 너무 크다! 전부 죽이고, 원주민들을 징발해 죽이도록 강요해라!! 민족 감정을 고취시켜라!!"

 이는 어찌 보면 그들 나름대로 내린 정답이기도 했다.

 "미국은 유약하고, 프랑스는 관심이 없다. 결국 우리의 적은 영국이다."

"조선이 영국의 뇌를 파먹은 이상 화해의 길은 영원히 사라졌다. 차라리 처참할 정도로 영국 함대를 한 번 더 패배시켜, 몬티 밀러의 실각을 노린다! 오직 그것만이 우리가 살길이다!!"

물론, 차라리 그게 가능하면 일찌감치 항복하고 대만만 간수해서 물러나겠다—— 라는 답을 내놓는 게 합리적이지만.

그런 생각은 이미 일본 제국 군부에 없었다.

그런 짓을 하면 야마가타와 가츠라 등 군부의 체면이 어떻게 되겠는가? 아마 최소가 할복이 아니겠는가?

"공화주의니, 반전주의니 하는 얼치기 지식인들이 하는 얘기를 들을 필요 없다!!"

"천황 폐하 만세!! 세계만방을 천황 폐하의 지붕 아래에 덮어 버려라(八紘一宇)!!"

그리고, 그 생각은 의외로 잘 먹혀들어 가는 듯했다.

"뭐…… 지? 우리, 이렇게 셌나?"

"대체 무슨 일이 벌어지고 있는 거지?"

처음에 그들은 조선에서 죽을 쒔고, 따라서 그들의 힘이 별거 아니라고 생각했다.

독일이 없으면 아무것도 아닌 자들이라고.

하지만 생각보다…… 할 만하다?

"태국이 항복하여 동맹을 체결해 주기로 했습니다."

"마닐라를 점령하는 데 성공했습니다!"

"동인도 제도의 부디우토모(Boedi Oetomo: 동인도 최초의 토착민 민족주의 단체)가 봉기를 일으켰습니다! 우리와의 협상을 진행하고 싶답니다!!"

그제야 그들은 깨달을 수 있었다.

'어라라, 혹시 와따시— 생각보다 강할지도?'

그들이 약한 게 아니었다.

조선인들이 그나마 근대화에 성공했었을 뿐이다. 도리어 서구 식민지 주둔군은 병신이다!

"민영환이…… 생각보다 더 뛰어났던 놈이었나 보오."

"아니면, 역시—."

조선인들이 한때 우리의 스승이었던 자들이었던 만큼 나름 하는 자들이거나, 라는 말이 튀어나올 뻔했던 장교 하나가 입을 다물었다. 좌중은 그 장교를 노려보았다.

본래, 봉건제적 가치관이 매우 뿌리 깊은 일본인들의 관념 중 하나가 바로 태생 문제.

황가, 공경(公卿)가, 다이묘, 백성, 천민.

이 세습된 지위가 모든 것을 결정한다. 그것은 메이지 유신이 성공했어도 변하지 않는다.

애초에 쇼군 자체가 '다이묘들의 대표'일 뿐 지위 관념에서 벗어난 것이 아니니까.

이 신분대로 행동하는 것이 '질서'이자 '와(和)'이며, 벗어나는 것 자체가 '주제넘은 것'이라고 취급된다.

그리고 이것은 국가관에서도 성립한다.

중국, 조선, 일본.

유교 문화권의 태생적 질서.

이세계물에서 '이름 지어 주면 어버이'라는 개념이 괜히 튀어나오는 게 아니다.

중국이 반도에 조선이라 이름 붙여 주자 조선국이 생겼고, 조선국이 열도에 왜(倭)라는 이름을 붙여 주고 문명을 전해 주자 비로소 일본국이 생겼다―라는 러프한 유교적 봉건 계급 관계였다.

그리고 이것을 깨부순 것이 바로 쿠로후네 사건(黑船来航)이었다.

1853년을 기준으로 중국과 조선의 위치는 서양으로 대체되었고, 근대화를 성공시킨 일본은 비로소 중국과 조선을 후진국이라고 내려다볼 수 있게 되었다.

그렇다면 이제, 서양을 무릎 꿇리고 내려다볼 수 있게 된다면― 일본은 명실상부한 이 지구상의 천황국이 되는 게 아닐까?

그렇게 생각했던 것이 일본의 원훈들이었고, 그 생각을 그대로 이어받은 군부였다.

그러나 여기서 조선의 우위를 인정하면…… 그 생각은 또다시 수백 년간 '망상'으로 치부된다.

마치 에도 시대 도요토미 히데요시가 '버릇없는 천민'이라면서 철저하게 악담을 받았던 것처럼, 그들 군부 또한 그런 취급을 받게 될 것이다.

그럴 수는 없다.

일본은 '아시아의 3등국'이었던 과거를 벗어나, '유럽 열강과 어깨를 나란히 하는 열강'으로 거듭나야 한다.

"—영국의 본토 왕립 함대를 쳐부수면, 조선도 별수가 없겠지."

야마가타 아리토모가 그렇게 정리했다.

이미 대부분 끊겼지만, 그래도 어느 정도 남은 정보망은 영국 본토 함대와 미국의 백색함대, 두 연합함대가 수에즈를 넘어 인도로 오고 있다는 정보를 얻고 있었다.

"단기 결전으로 승부를 낸다!! 우린 더 이상 원숭이라고 무시당하지 않을 것이다! 아시아의 주인이 된다!!"

"예, 각하!!"

그러나 그들은 알지 못했다.

남은 정보망이라는 것 대부분을 이미 나카네 시게카즈라는 약한 사슬이 전부 나불거리고 있었다는 것을.

그렇게 일본제국이 거대한 오판 속에서, 희희낙락하며 인도양의 영국 동인도 사령부로 출발한 사이…….

"그럼, 이제 다 넘은 건가?"

"예, 그렇습니다."

"허…… 정말 어이가 없구먼. 진짜로 배가 산을 넘다니."

"하하하!! 우리 미국의 토목공사 능력도 영국 못지않소이다!!"

존 젤리코 제독의 대영 제국 대함대(Grand Fleet)가 미 해군 백색함대와 함께 파나마 운하를 통과했다.

* * *

인도, 캘커타.
"하면 우리 일은 이 천축…… 아니, 인도양에서 왜놈들을 잡아 두는 것이로구려."
"그렇…… 게 됩니다. 죄송합니다."
발라드 준장. 아니, 이제 소장으로 승진한 해군 장성은 그렇게 이규풍에게 고개를 숙였다.
그럴 수밖에 없었다. 위에서 내려온 명령은 사실상, '파나마 운하를 타고 넘어올 주력이 일본의 뒤통수를 치는 사이 어그로를 잔뜩 끌어라'라는— 좋게 말해도 나쁘게 말해도 버림패에 가까운 짓이었으니까.
만약 이것이 양쪽의 소통이 원활한 작전이라면 훌륭한 모루와 망치다.
이순신의 캐치프레이즈이자 성명 절기인 크레인 윙 크라이시스[鶴翼陣]가 영역 전개되어, 일본군에게 해적 리얼리티 쇼크를 일으킬 수 있었을 것이다.
하지만 지금 그것이 불가능한 이유는 크게 둘이다.
첫째, 통신 기술이 발달하지 못해 캘커타에서 파나마로 원거리 통신을 주고받는 것이 불가능하다.

해저 케이블의 대부분이 일본을 거친다는 것도 문제지만 양측의 함대가 움직이고 있다는 점이 더 큰 문제다.

하늘에 실시간으로 무선 통신을 중계하는 무언가라도 떠 있지 않은 이상, 어떻게 그것이 가능하겠는가.

둘째로, 모루가 지나치게 약하다.

영국이고 프랑스고 네덜란드고, 전근대 시절에 머문 식민지인들만 후려치고 다니던 장비 빨 삼류 양아치 수준의 해군은 급조나마 드레드노트급을 건조하는 데 성공한 일본 해군에 정신을 차리지 못했다.

'이것이 열강의 함대전인가!'를 배우러 왔던 이규풍이 오히려 '이것이…… 열강?'이라며 실망할 수밖에 없을 정도로.

실제로 영국 캘커타에 집결한 협상국 해군 연합함대 중에서 전드레드노트급 전함은 단 한 척밖에 남지 않았고, 그게 바로 충무급 '덕암'이다.

당연히 그 함장이 된 이규풍의 입지도 졸지에 올라가 버렸다.

연합함대 총사령관이 되지 못한 것이 말이 통하지 않는다는 것 하나뿐일 정도로.

이것을 새옹지마라고 해야 할지, 아니면 개판 오 분 전이라고 해야 할지…… 이규풍은 좀처럼 알지 못하고 그저 허허로이 웃으며 고개를 저었다.

"아니오, 아무리 불민한 나라도 슬슬 이 함대전이라는

것이 어떤 것인지 감이 오고 있소."
"지나치게 겸손한 말씀이십니다."
"그렇게 보이는가?"
이규풍은 씁쓸하게 웃으며 말했다.
그는 진심으로, 자신이 '충무공의 말예'라는 이름을 쓰기에는 턱없이 부족한 이라고 느끼고 있었다.
정말 그 이순신의 후손이라면 이토록 처참하게 패배에 패배를 거듭할 리가 없었으니까.
물론 바다 위에서 펼쳐지는 함대전은 그가 아는 '해전'과는 판이하다.
바다 위의 공성전(攻城戰)이라 할 수 있었던 과거의 해전과 달리, 현대의 함포전은 조선인들의 전통 놀이인(아무튼 전통놀이다) 석전(石戰)과 흡사하다.
과거와 달리 올라타서 근접전 같은 것은 절대 불가능.
순수하게 얼마나 더 많고 강한 돌. 즉, 포탄을 더 강하게 많이 쏘느냐가 이기는 싸움.
그렇기에 거함거포주의(巨艦巨砲主義)가 발생했다.
왜냐하면 더 큰 포, 더 많은 포를 달아야 하니까.
그렇기에 지금 이 아시아에서 일본을 대적할 방법은 없다.
왜냐하면 지금 이 아시아에서 저 일본의 카와치급을 넘어, 슈퍼 드레드노트급의 영역에 다다른 후소(扶桑)급을 넘을 전함은 없을 테니까.

"통탄스럽군."

이규풍이 탄식했다.

"내가 조상의 재능만 제대로 이어받았다면, 이 아무리 불리한 상황에서도 타개책이 나왔을지도 모르는데."

저 명량 해협에서 무려 열 배가 넘는 적을 상대로 패퇴시킨 명장, 이순신처럼.

그렇게 말하는 이규풍에게 발라드 대위가 말했다.

"……제독님."

"알고 있소. 안 되는 걸 억지로 해 봐야 내 가랑이만 찢어지겠지."

하나, 라는 말과 함께 이규풍이 눈을 빛냈다.

"나야 수장(水葬)되든, 아니면 포로로 잡혀 처형되든 하겠지만―― 소장은 영국인이니 살아나시겠지."

"……그렇겠지요."

"그렇다면, 부탁드리겠소."

이규풍은 그 말과 함께 공책 한 권을 내밀었다.

제목조차 없는 그 공책 안에는, 이규풍 자신이 빽빽이 적은 태평양 전선의 전훈(戰勳)이 고스란히 언문(言文)과 한문으로 적혀 있었다.

"내 나름의 난중일기(亂中日記)라고 할 수 있겠지."

"허, 허어……!"

"후일, 이 글을 조국에 전해 주시오."

지금은 아니지만, 대한이 다시 이순신과 같은 강력한

해군을 보유하는 미래를 위해.

이규풍은 지금 이 자리에서 모든 것을 불태울 생각이었다.

그러나 이 신(新) 난중일기가 한국에 전해지는 일은 없었다.

왜냐하면.

"찾았습니다!! 일본군 전함입니다!!"

"전 함재기(艦載機) 출격!! 있는 어뢰 없는 어뢰 다 쏟아부어라!! 전 탄 발사!!"

"뭐, 뭐야 저게!!"

"이게 어떻게 된 거야?! 여긴 바닷가 한가운데라고!! 그런데 어떻게 폭격기가!!"

운명의 장난인지, 아니면 정말로 진 빠지게 달려온 결과인지.

파나마 운하를 건너온 백색함대와 대함대의 연합, 그 필두인 세계 최초의 항공 모함으로 개조된 3대의 커레이져스급 순양전함.

그곳에서 뿜어져 나온 100여 대의 함재기가, 마치 벌집을 쑤신 침입자를 징벌하는 벌 떼처럼 날아올라.

미친 듯한 프로펠러 소음과 함께 후소고 카와치고, 전부 찢어 버렸기 때문이다.

"……"

"……제독님?"

"……주시오."

"아, 예."

치익—하는 라이터 소리와 함께, 신 난중일기는 한 줌 재가 되었다.

하지만 이규풍의 눈에서는 그 공책을 태우는 불빛보다 더욱 반짝이는 무언가가 빛나고 있었다.

'항공 모함.'

미래전의 답이 그 눈앞에 있었다.

* * *

"끝났습니다."

벵골만 해전을 보고하던 일본 해군 총사령관, 도고 헤이하치로는 조용히 그렇게 결론을 내렸다.

너무나도 초연한 그 모습에 해군대신, 야마모토 곤노효에가 잠시 멍하니 그를 바라보아야 했을 정도였다.

"아니, 아니. 잠깐만. 총사령관."

"말씀하시지요."

"끝났다니, 그게 대체 무슨 말이오!?"

이제껏 야마모토 곤노효에는 도고 헤이하치로에게 목소리를 높인 적이 없다.

그것은 단순히 도고가 네 살 많다는 점이 문제가 아니라, 도고의 경력과 능력을 존중하는 의미에서였다.

하지만 지금은 그 존중이 전부 무너질 정도로 충격적인 말이 도고 헤이하치로의 입에서 이어졌다.

"전쟁은 끝났습니다. 저희가 졌습니다."

"아니, 후소가 침몰했다고 해서!? 물론 그것은 대단히 충격적인 일이긴 하지만, 아직 전함도 순양함도 충분하잖소!? 조금만 더 기다리면 이세(伊勢 : 1917년 취역한 일본의 슈퍼 드레드노트급 전함)도 취역할 것이고! 물론 본토 방위에 힘써야 하는 것도 알고, 요충지를 골라 배치해야 한다는 것도 알지만——."

"그게 문제가 아닙니다."

도고 헤이하치로는 허탈감으로 가득한, 그리고 그것 외에는 지을 것이 없어 억지로 짓는 헛웃음을 지으며 말했다.

그 웃음은 마치, 창과 칼만으로 싸우던 자들이, 총이라는 문명의 이기를 처음으로 발견하고 느낄 때와 비슷한 표정이었다.

"저들이 기어코, 항공 모함을 개발했습니다."

사실 항공 모함의 개념 자체는 이미 일본에도 있었다.

인기 소설 〈우주 전쟁〉에서 나온, 무인 요격기(Interceptors) 수백 척을 운용하는 결전 병기 우주 모함(Carrier)도 보았으니까.

물론 대부분의 독자들은 그것을 타파하기 위해 렌들러 대위가 감행한, 차라리 자폭에 가까운 초광속 하이퍼

드라이브 소닉붐 특공에 더욱 깊은 감명을 받았겠지만 ― 생각 있는 해군 장교들이라면 그 이해하지도 못할 아광속이니 뭐니 하는 것보다 '우주 모함'에 더 관심이 많이 갔을 것이다.

거함(巨艦)에는 거포(巨砲)를 다는 게 당연한 일이지만, 그 거포를 치우고 갑판을 길게 두면, 그 위로 여러 대의 소형비행기가 다닐 수 있다.

그리고 그 비행기가 떨어트릴 폭격과 어뢰는, 거리도 애매하고 명중률은 더더욱 애매한 함포보다 훨씬 먼 거리에서 쏘아 맞힐 수 있고 착탄율도 크게 높일 수 있을 것이다…….

물론 이론상으로만 그렇고, 한갓 비행기에 실어 날라 봤자 얼마나 많은 폭약을 쓸 수 있을까.

자잘하지만 많은 잽(Jab)과 강력하지만 맞추기 어려운 스트레이트. 실제로 싸움을 붙여봤을 때 둘 중 어느 쪽이 더 얼마나 효과적일지는 알 수 없었다.

그런 실험을 해 볼 돈도 없었고.

하지만 실제로 붙여본 결과는.

"처참합니다."

도고 헤이하치로가 단언했다.

잽의 승리라고.

"드레드노트는 이제 퇴물입니다."

"……."

"이세가 나간다고 해 봐야, 별 쓸모는 없겠지요. 아마 선배들을 따라 저 바닷속에 수장될 겁니다."

"……우리가 그 항공 모함을 만든다면?"

"아, 그건 물론 가능은 할 겁니다."

도고는 평탄하게 말했다.

항공 모함이라고 거창하게 말해 봤자, 솔직히 말해 모함 자체는 그저 비행기를 많이 실을 수 있는 화물선이다.

전함에서 포 다 떼고 치장용 대공포 몇 개만 남겨 두면 항공 모함으로 개조가 가능하다.

여차하면 그 위에 이중, 삼중 갑판을 달아 마개조도 할 수 있겠지.

하지만, 그게 정말 '항공 모함'으로 기능하려면 필요한 건 따로 있다.

"함재기가 없습니다."

"……."

"물론 비행기 자체는 있습니다. 하지만 수가 적고, 크기도 제각각입니다. 함재기는 그 특성상 형태와 크기가 규격화되어야 합니다. 아니, 그건 돈으로 어떻게든 해결한다고 해도 무엇보다……."

굳이 듣지 않았지만, 그 다음은 야마모토 곤노효에도 알 수 있었다.

충분한 함재기와 그것을 조종할 숙련된 파일럿.

어느 쪽도 부족하면 결국 항모는 그저 움직이는 공항에

지나지 않는다.

이제 와서 비행기 공장을 세우고 항모로 개조한다 한들, 그러는 동안 미국과 영국은 더 많은 항모와 함재기, 그리고 파일럿들을 뽑아내지 않을까?

"설령 현지인들이 열심히 저항하여 그들을 막아 세운다고 하여도 소용이 없습니다. 그걸로 막아 세울 수 있는 것은 항구뿐이고, 아마 싱가포르와 홍콩 등 주요 항구는 오히려 우리 일본에 적대적이니······."

"어, 음."

야마모토 곤노효에는 잠시 육군에서 나눠 준 보고에 대해 침묵했다.

어떻게 말할 수 있겠는가.

인도네시아와 베트남, 그리고 필리핀 등— '아시아주의'를 표방하며 민족주의를 부추긴 이들이 오히려 폭압적인 육군의 약탈로 인해 적으로 돌아서고 있다는 것을.

그리고 미군이 적극적으로 광고하고 있는 '민족 자결주의'와, '아시아인 황자 이강'의 프로파간다로 인해 오히려 서구와 손을 잡고 있다는 것까지.

"······하."

야마모토 곤노효에는 머리를 감싸 쥐었다.

알아차리지 못했을 뿐, 그의 발밑은 이미 예전에 무너져 있었다.

＊　＊　＊

　아시아에서 우당탕탕 얼렁뚱땅 은근슬쩍, '영국을 때려잡기만 하면 이 아시아를 다 준다'는 매력적인 이야기가 심어 준 꿈이 그저 일장춘몽으로 끝나 버리고.
　일본 제국에게 남은 것은 그 유연하기 그지없는 허리에서 펼쳐지는 전통의 요시 그랜—도게자 시즌뿐이었다.
　"죄송합니다, 죄송합니다!! 우린 그저 독일 황제의 말에 속아 넘어갔을 뿐입니다!!"
　"살려만 주십시오!! 모두 드리겠습니다! 대만도 조선도 전부 드리겠습니다! 살려만 주십시오!!"
　"좆—까."
　우드로 윌슨이 평화를 외치려 하긴 했어도, 그것은 그저 기독교—백인—게르만 문명권에 해당될 뿐이며, 그 근간은 이익 창출 메타가 맞다. 일본은 중국만 내놓는다면 먹을 게 없으니 적당히 빠지려 한 것에 가깝다.
　끝까지 반항도 했고, 마침 찾아온 제자도 옆에서 수군수군거리는 걸 들어 보니 그 기독교인의 사랑을 일본에 베풀 이유는 없을 듯했다.

　—교수님, 이번 기회에 일본에 기독교 민주주의 국가를 세우셔야 합니다.
　—허허, 닥터 리. 그건 또 무슨 말인가?

―일본에는 지금 자생적인 친영계 지식인 개혁가들이 움트고 있습니다. 그들을 일본인들의 정당한 정부로 인정받게 하고, 전근대적인 천황제 따위는 폐지케 한다면 어떻겠습니까?

―호오…….

유럽에서 대가리 꽃 단 걸로 유명한 우드로 윌슨이지만, 그것은 어디까지나 타협하는 방식이 그 모양이라 그런 것일 뿐.

이득 찾는 능력은 가히 대통령감이 맞다.

제자의 감언이설이 미국의 이득에도 나쁘지 않고 개인적 취향에도 부합한다는 것을 눈치챈 우드로 윌슨은 당당히 그 요구를 태평양 건너 일본열도에 넘겼고, 신간 출판사 목요사(木曜社)의 나츠메 소세키가 그것을 언론에 퍼트렸다.

"보아라! 우리의 남편, 아들, 아버지를 멋대로 끌고 간 군부, 그리고 천황은 이제 국제적인 인정조차 받지 못하는 자들이다!"

"저 정치인들은 소위 '대일본제국 헌법'이라는 것으로 우리 또한 문명화된 입헌군주국이라고 나불거렸다! 하지만 정말 그러한가? 천황대권(天皇大權)만이 무한하고, 국민의 권리는 지극히 한정된 이런 나라가 무슨 문명국이란 말인가!? 우리는 여전히 천황의 노예요, 소유물일 뿐이었다!!"
 "천황은 그 자리에서 내려와라! 그 자리는 우리 국민의 것이다!!"
 메이지 유신 이후 비로소 펼쳐지는 진정한 민주주의 투쟁. 이른바 다이쇼 데모크라시.
 그리고 이것은, 독일에서도 똑같이 펼쳐지고 있었다.
 "다른 나라를 침략하고 싶어서 안달이 나다 못해 선전포고를 조작질까지 하는 황제도 모자라, 이젠 동부에서 죽 쑤다 다 끝나니까 나타난 융커냐!?"
 "골 빈 군사 귀족밖에 없는 프로이센은 꺼져라!! 우리 바이에른은 더 이상 독일 제국을 용납하지 못하겠다!!"
 "나, 루프레히트 폰 바이에른은 바이에른 왕국의 왕세자이자 비텔스바흐 가문의 후계자로서 독일 제국 및 호엔촐레른 가문과의 봉건 계약이 파기되었음을 선포한다! 바이에른은 더 이상 독일의 봉신국이 아니다!!"
 공산주의자 쿠르트 아이스너와 왕세자 루프레히트가 한목소리로 외치는 바이에른의 독립.
 이것은 곧 도미노처럼 다른 곳에서도 발생했다.
 "헤센 대공 에른스트 루트비히(Ernst Ludwig) 역시 마찬가지노라! 어찌 빌헬름 2세는 우리 제후들과 상의도 없이 비도덕적인 전쟁을 결단했는가? 이는 명백한 봉건 계약 위반이다!"
 "프리드리히 아우구스트 3세는 작센 왕국의 국왕으로

서, 힌덴부르크의 무도한 불법 군사정부의 명령을 단호히 거부한다! 과인은 신민들의 곁에 서서 단호히 독일 제국의 해체를 요구하노라!"

"흠, 흠! 나 영국 컴벌랜드와 테비엇데일 공작, 에른스트 아우구스트(Ernst August) 2세는 하노버 왕가의 정식 후계자로서, 호엔촐레른이 강탈한 왕국의 강역을 돌려줄 것을 요구한다!!"

힌덴부르크―루덴도르프의 쿠데타 정부조차 보르도 회의의 인정을 받지 못하자, 곳곳에서 터져 나오는 분열의 목소리.

물론 여기에는 이 세계의 평화를 지키기 위해 사랑(권력에 대한)과 진실(영국의 암묵적 지지), 어둠(검은돈)을 뿌리고 다니는 영국의 디바이드 앤 롤 전문 스파이들이 있다는 것은 말하지 않아도 다들 아는 사실이었다.

그리고 이렇게 되자 사람들은 영국, 정확히 말하면 몬티 밀러 국방부 장관이 그리는 큰 그림이 제대로 보이기 시작했다.

"응. 독일을 비스마르크 이전으로 되돌릴 거야."

몬티는 담담히 말했다.

"자잘한 건 너무 정신없으니까 빼고, 프로이센, 작센, 헤센, 바이에른, 하노버로 쪼갤 거야. 그래도 프로이센이 너무 크니까 슐레지엔(Schlesien: 현재의 폴란드 남서부 지방)을 둘로 나눠서 하부는 체코로 넘기고, 상부는 독립할 폴란드 공화국이 가져갈 예정이고."

"어, 음."

"더 쪼갤 수 있으면 쪼개 보겠는데…… 아무래도 거기까지 가면 민족자결주의에 어긋나게 생겼더라고. 이 정도가 한계였어."

그…… 미안하지만. 몬티야, 나는 그런 거 들어도 잘 모른단다.

농담이 아니라, 난 진짜로 폴란드가 독립하는데 왜 이렇게 동쪽에 치우쳐져 있는지도 모르겠고, 왜 동프로이센이라고 적힌 지역이 월경지(越境地 : 국경 너머의 영토)로 되었는지도 잘 모르겠다.

역설사의 근친패륜암살조장 중세게임을 안 해 본 건 아닌데, 역시 그쪽 문화권이 아닌 한국인에게 봉건제는 너무 복잡하단 말이야.

하지만 적어도 이런 이야기를 나눌 수 있다는 말의 뜻이 뭔지는 알 수 있었다.

요컨대.

"끝났구나."

"응."

몬티가 씨익, 하고 시원한 웃음을 지었다.

"뭐, 앞으로도 국제 연맹을 제대로 된 세계정부로 발전시키는 거라든가, 한슬이 말한 '유럽 연합'인지 뭔지라든가, 대영 제국 연방까지는 앞으로 해야 할 일이 수도 없이 많겠지만……."
 나는 고개를 끄덕였다.
 그것은 이제 몬티가 스스로 앞으로 나아가면서 개척해야 할 일.
 지금은 일단.
 "다녀올게."
 "응."
 나는 천천히 일어섰다.
 이제부터는, 이 몸의 턴이다.

세계 여행(상)

 오해 살까 봐 말해 두는 거지만, 내 차례가 왔다는 게 직접 국제연맹에 가겠다거나, 아니면 베르사유 조약을 맺는 데에 가서 이래라저래라하겠다는 건 절대 아니다.
 애초에 내가 가 봤자 뭘 하겠는가? 물론 가서 이것저것 말을 얹을 수는 있겠지.
 이승만을 불러올 수도 있고, 유엔군이나 상임이사국 같은 구성에 대해 썰을 풀 수도 있고, 오랜만에 우리 곰돌이 테디 얼굴이나 볼 수도 있고.
 하지만 그 정도라면 나중에 전쟁이 완전히 다 끝나고, 평화로워진 세상에서도 얼마든지 할 수 있다.
 그러니 내가 지금 가려는 건— 좀 더 먼 쪽.
 "……고향에 가겠다고?"

"예, 그렇습니다."

다과로 뻗던 손이 굳어진 조지 왕세자의 물음에 나는 고개를 끄덕였다.

"정확히 말하면, 세계 일주에 가깝습니다."

"……혹시 작가연맹에서 무슨 내기 같은 거 했나?"

"80일 만에 돌아올 생각 같은 건 없습니다."

이곳저곳 돌아볼 곳이 워낙 많은데 왜 80일 만에 돌아오겠나. 방향은 같지만 말이지.

우선 도버 해협을 건너서, 에밀 졸라 작가님을 필두로 프랑스 한번 돌 생각이다.

그다음엔 독일, 체코 등지에 파피용 프로젝트로 데려온 사람들을 내려 줘야겠지. 헤르만 헤세나 알폰스 무하 같은 사람들 말이다.

반대로 카프카처럼 얼굴 못 봤던 작가도 한번 보고. 그 양반은 원래 몸이 원체 약해서 징집이 안 됐다더라.

그다음에는 모스크바 한번 가 보고.

연락이 끊겨서 어떻게 되었는지는 모르겠지만, 톨스토이 선생님 돌아가시기 전에 한번 뵈어야지.

거기서 다시 크림반도를 타고 내려가서 터키. 무하메트 5세가 되신 레사트 영감님을 뵐 예정이다.

"거기서 배로 인도로 건너가서, 싱가포르를 거쳐 동아시아로 갈 생각입니다."

"으음."

조지 왕세자가 잠시 신음성을 흘렸다.
그러고는 이상하게 주저하는 목소리로 말했다.
"자네, 가족이랑 간다고 했지?"
"예. 제 처자식은 물론, 밀러 가족과도 다 함께 갈 예정입니다. 아, 물론 몬티는 남겠지만요."
"……으음, 그렇군."
"학교법인 쪽은 허버트 조지 웰스, 재단 관리 쪽은 오헨리, 회사 경영 쪽은 체임벌린에게 각각 위임해 뒀습니다. 아마 잘들 하겠지요."
그렇게 말하자 이상하게 한숨을 푹 쉰 왕세자 전하가 씁쓸한 얼굴로 고개를 끄덕인다.
뭔가 이상한데. 무슨 걱정이라도 있으신가?
"그렇군. 그렇게 철저히 준비해 뒀다면, 자네가 없더라도 충분히 재단이 돌아가긴 할 거야. 그렇다면 좋겠지만 — 후."
"대체 왜 그러십니까? 영영 못 볼 사람처럼. 아, 혹시 국왕 폐하께서—."
"친구가 먼 곳으로 떠난다는 데 이러지 않겠는가?"
"예? 그야, 여행 정도는 다녀오라고 하겠지요?"
"응?"
"예?"
뭔가 반응이 요상하다. 아무래도 우리 왕세자 전하는 뭔가 당치도 않은 오해를 하고 있는 모양인데…….

"아주 가는 게 아닌 건가?"

"당연히 아니죠. 뭘 생각하신 겁니까 대체."

아니, 어이가 없네. 나는 우리 왕세자 전하를 보며 그렇게 생각했다.

아무리 내가 한국인의 정체성은 유지하고 있더라도, 지금 내 사업의 기반은 전부 영국이다.

밀러 씨도 있고, 코난 도일 작가님도 있으며, 무엇보다 조지 왕세자가 있는 지금 이 그레이트 브리튼 섬이 지금 내가 사는 땅이다.

반면, 지금 한반도에 있는 한국은 대한제국이지 대한민국이 아니지.

아직 제대로 개발도 안 된, 인프라가 없다시피 한 곳이란 말이다.

거기 가 봐야 내가 뭐 하겠나. 삽이나 곡괭이 같은 거 들고 새마을 운동? 나 그거 별로 안좋아하는데. 좀 많이 MZ하지 못하단 말이다.

"아니, 그렇지만 〈딕터 박사〉는 그렇게 완결 냈으면서 그런 소리를 하나?!"

"그건 소설이고요, 소설!"

물론 최종화에서 데이비드 딕터는 고향인 인도 식민지에서 어렸을 적 찾아낸, 악당 조직의 목적인 무굴 제국의 보물선으로 돌아간다.

그 보물선은 사실 보물선이 아니라, 정확히 말하면 그

저 금화 약간 들었을 뿐인 침몰선이지만, 사실은 딕터의 사별한 아내와 함께 찾아낸 추억이 진짜 보물인 곳.

딕터는 그곳을 진짜 보물선이라고 오해했던 악당 조직과 함께 동귀어진하고, 아들인 라울은 그제야 아버지가 어머니를 버렸다는 것이 자신의 오해였다는 것을 깨닫고 개과천선.

아버지의 마지막 제자인 그레인저와 결혼하고 그 뒤를 잇는데…….

물론 실제 데이비드는 그저 죽음을 위장했을 뿐, 제 장례식장에서 깜짝 등장해 모두를 놀라게 만들고는 그대로 다음 모험을 떠날 준비를 한다는— 나름대로 클리셰에 충실한 해피엔딩이다.

"그걸 그렇게 오해하시다니."

"그것만이면 내 말을 안 하지. 결국 〈용이 흐르는 바다〉도 〈과자와 마녀와 여름〉도 완결 냈고, 〈성 바바라 학원〉은 연재 중단하지 않았나."

"연재 중단이라뇨. 어찌 그런 험한 말씀을…… 고등부로 넘어가며 2부가 되기 전의 일시적 휴재입니다."

나는 당당하게 말했다.

물론 〈용흐바〉는 주인공 애럼에게 용과 인간의 세계를 분리하는 황금 옥좌의 용신 엔딩을 내긴 했지만, 이건 내 나름대로 호문쿨루스인 애럼에게 준비한 해피엔딩이다.

반면 〈과자와 마녀와 여름〉은 마왕이라고 알려졌던 이

가 그저 러셀과 같이 평범한 일개 파티시에였을 뿐이고, 그 딸인 마녀 레티시아와 함께 현실 세계로 돌아온다는 정석적인 〈오즈의 마법사〉식 해피엔딩.

'다녀왔어—어서 와'로 끝나는 클리셰가 나름 마음에 드셨던 모양이다.

"휴재라면 〈지옥불〉이 진짜 휴재죠. 그건 돌아와서 다시 계속 쓸 겁니다."

"으음. 그렇다면 다행이지만······."

흘낏흘낏 보는 게, 진짜로 영구귀국할지 안 할지 떠보는 느낌이다.

나는 재차 반드시 돌아올 예정이라고 말하다가, 문득 무언갈 떠올리며 말했다.

"아, 아예 넘어갈 사람들이 있긴 합니다."

"그게 누군가?"

"매지와 김창수······ 체이스 킴입니다."

나는 쓴웃음을 지으며, 오기 전에 매지와 했던 이야기를 떠올렸다.

—나, 사표냈어.
—뭐?
—한국에서, 내 출판사를 차려 보게.

매지는 당당하게 그렇게 말했었다.

어차피 김창수는 이참에 귀국하고 싶어 하는 것 같고, 나 역시 한국에 믿을 만한 사람이 있으면 좋지 않겠냐는 이야기였다.

―……괜찮겠니?
―응. 결혼할 때부터 생각해 둔 거였어.

졸지에 담당 편집자 겸 언니가 이역만리 타국으로 떠난다는 말에 경악한 메리가 울고불고 떼를 썼지만, 소용이 없었다.

나도 메리가 그렇게 우는 건 처음 봤을 정도였고, 어떻게 말려야할지 감도 안잡혔지만…… 매지의 의지가 워낙 확고했다.

"아무래도 슬슬 독립할 생각을 하는 듯합니다. 그 아이 나름대로 따로 하고 싶은 것도 있는 것 같고요."
"흠. 그렇군. 그렇다면 다행일세."

그제야 왕세자는 안도하며 다과에 손을 뻗었다.

그러고는 내 여행 계획서를 다시 찬찬히 살펴보더니 말했다.

"그런데, 굳이 전쟁터가 되었던 곳들을 돌겠다는 게, 뭔가 이유가 있을 것 같군."
"예. 자선 사업을 좀 해 볼 생각입니다."

전쟁터의 민간인들에게 제일 심각한 게 식량 문제다.

그리고 만고 불변의 법칙.

사람은 배고플 때 제일 신경질적이고, 폭력적이며, 극단적으로 된다. 경제가 흔들리면 과격파에 대한 지지도가 높아지는 것도 그것 때문이다.

낙지스껌 같은 놈들이 튀어나오는 꼬라지를 안 보려면, 최대한 먹을 걸 뿌려서 민심을 좋게 만들 필요가 있다는 거지.

그럴 만한 싸도 맛있는 먹거리도 있고.

"이거 좀 드셔보시겠습니까?"

"이게 뭔가?"

"제가 특허를 사들인…… 말하자면, 곡물 팽창용 가압기로 만든 과자입니다."

"호."

조지 왕세자는 내가 내민, 새하얀— 그러면서도 은연중에 누리끼리한 과자를 집어 들었다.

제육볶음과 양념치킨, 미역국 등의 K—푸드를 영업해 둔 덕인지 꽤 잘 드신다.

"희한한 맛이군. 그냥 먹으면 그저 텁텁하고 목이 메는데, 씹다 보면 침이 고여서 은은히 달아."

"즉석 빵 같은 거죠."

그러하다.

이른바 개발도상국 시절 어린아이들의 영원한 친구, 뻥튀기다. 깜장고무신에서도 나왔었지 아마? 아니면 말고.

21세기로 접어들어 선진국이 된 한국에서는 오히려 공장제를 제외하면 찾아보기 힘들어졌다.
 하지만 이 시대는 갓 나온 시대임에도 불구하고 기곗값을 제한 가격이 굉장히 헐하다.
 애초에 그러려고 만들어진 물건이고.
 그러면서도 은근히 맛있고 밥이 되는 물건이니, 구호물품으로는 더할 나위가 없을 것이다.
 "그렇군."
 조지 왕세자.
 미래의 조지 5세가 될 남자는 뻥튀기와 차를 함께 먹으며 말했다…… 저러면 맛없을 텐데.
 "자네는, 이 전쟁이 끝이 아닐 거라 생각하는군."
 "……그러지 않기를 바라지만 말입니다."
 나는 문득 처음에는 썼다 안 썼다 하다가, 요즘은 제법 쓰는 일이 많아진 지팡이 끝을 쓰다듬었다.
 프리드리히 니체의 유품 같은 그 지팡이 맞다.
 "요즘 기자들이 그런 제목들을 쓰더군요. '모든 것을 끝내기 위한 전쟁이 끝났다(The war to end all wars is end)'라고요."
 "자극적이군. 희망적이기도 하고."
 "하지만 저는 그렇게 생각하지 않습니다."
 나는 지팡이 끝을 꾹 쥐었다.
 "세상에는 아직도 너무 많은 불평등과 갈등, 그리고 차

세계 여행(상) 〈237〉

별이 있습니다. 그 모두를 제가 없애기도 불가능하죠. 이건 그저 사실에 불과합니다."

아무리 부정해도 지구는 돈다.

온난화는 가짜가 아닌 진짜이며, 거기에 개개인이 할 수 있는 일은 아무것도 없다.

하지만— 그게 분리수거를 관둘 이유는 아니지 않을까, 라는 게 내 생각이다.

"없애는 건 불가능하지만, 제 손에 닿는 사람들에게 하지 말라고 타이르는 건 가능하죠."

내게 손에 닿는 건, 그저 평범한 사람들.

낮에 일한 임금으로 저녁에 퇴근하며 술 한잔과 잡지 한 권을 사서 밤에 잠드는 아이들에게 읽어 주고, 그 아이들이 다시 자라 부모님이 들려주던 이야기에 향수를 느끼며 다시 책을 읽는— 그런 사람들이다.

거기에는 부르주아도, 프롤레타리아도 없다.

생산 수단이 많으면 같은 책을 뭐 수십 수백 권씩 쟁여 둔다던가?

웹소설 시절에도 그랬다. 아니, 그 웹 커뮤니티 사회야말로 극한의 평등주의 시스템 아니던가?

재—드래곤도 일개 중소기업 신입사원 A도, 내게 후원해 주지 않는다면 그저 1회 차 당 100원의 고객에 불과하다.

오히려 더 많이 읽어 주기만 한다면, 신입사원 A씨가

더욱 중요한 고객이다.

그러니 내게 중요한 것은, A를 한 사람이라도 더 늘리는 것.

"배가 부르게 할 겁니다."

나는 담담하게 말했다.

배가 부른 사람들은 자기가 가진 것을 아까워하니까.

전쟁한다고 설치는 것도 싫어하고, 사회를 전복하는 것도 싫어한다.

'심심한데 뭐 볼 거 없나'라고 중얼거리는 사람들에게 볼 것을 제공하며 살아남기 위해선, 사람들이 심심해할 여유를 주는 것이다.

"세상을 돌며, 그런 사람들이 한 사람이라도 늘어날 수 있는 세상을 만들고 싶은 겁니다."

"하하."

조지 왕세자는 쓴웃음을 지으며 고개를 저었다.

"꿈 같은 유치한 이야기로군. 지나치게 이상적이고."

"원래 이야기라는 건 유치해야 재밌는 거 아니겠습니까?"

"당연하지. 나도 좋아하네."

그럴 줄 알았다. 이 사람은 내 친구니까. 나는 조지 왕세자와 마주 웃어 보였다.

"다만…… 조금은 더 영국에 머물러 줬으면 좋겠군. 여기서 해야 할 일이 있어서."

"예? 그게 뭡니까?"
"글쎄, 나도 언제가 될지는 모르겠네. 하지만 아마 곧—."
"아, 아바마마!!"

그때였다. 뭔가 기시감이 느껴지는 다급한, 앨버트 공자의 목소리가 들려왔다.

그 옆에는 우리 메리가 있었는데, 심각한 얼굴을 보니 왜 같이 있냐고 묻지도 못했다.

그 대신.

"하, 할바마마께서 승하하셨습니다!"

"……아."

이거였구나.

나는 창백한 얼굴로 쓰러지는 조지 5세의 몸을 황급히 부축했다.

* * *

"……누가."

노쇠한 왕의 목에서 철판을 긁는 소리가 났다.

이제껏 죽은 듯 자던 왕이라 주치의가 주의를 기울이지는 않았지만, 워낙 조용했다 보니 반응하는 사람은 있었다.

"누가, 있는가……."

"국왕 폐하."

아서 코난 도일이 속삭이듯 말했다. 그는 몸은 숙이고 신경은 곤두세웠으되, 손은 주치의에게 신호를 보내고 있었다.

그런 친구의 목소리에 에드워드 7세가 조용히 말했다.
"아…… 내, 친구로군……."
"옥음을 자제하소서. 곧 왕세자가 올 것입니다."
"하, 하…… 이미, 늦었네……."

기어코 저 빌헬름이라는 망종이 전쟁을 터트렸다는 충격에 쓰러졌을 적에, 에드워드 7세는 이미 직감하고 있었다.

자신에게 허락된 시간은 전부 지났다는 것을.

하지만 그것이 그리 슬프진 않았다.

굳이 미련이 있다면.

"아쉽, 군…… 자네와, 홈스는…… 귀족 작위까지, 직접…… 내리고 싶었는데."
"받겠습니다. 받겠으니 제발……!"
"허, 허허…… 거짓말, 하고는……."

어차피 안 받을 거면서.

그렇게 웃던 에드워드 7세는 무언가를 토할 듯 기침하여 그의 친구를 식겁게 하고는, 이내 숨을 고르고 천천히 물었다.

"전쟁은, 이겼나……."
"이겼습니다. 폐하의 아들이 훌륭히 이끌었지요."

"그럼…… 됐네."

잠시 숨을 헐떡이던 에드워드 7세는 옅게 웃으며 말했다.

"나의 모후께서는…… 명(明)도 있었지만, 암(暗)이 컸지. 나는…… 그분의 과오 속에서…… 왕이 되었네."

"……."

"전쟁의 책임, 은…… 내가, 기쁘게 지고 갈 생각일세."

"……폐하."

"아아. 친구여."

나는 다 이루었다네(It is finished).

에드워드 7세가 그 말을 한 직후였다. 문이 벌컥 열리며 조지 왕세자와 한슬로 진, 그리고 왕세손 에드먼드와 앨버트 공자 등의 왕족들이 들어왔다.

"아바마마!!"

"하, 할바마마!!"

"오, 오오…… 조지, 에디, 버티……."

에드워드는 옅게 웃었다.

이미 할 말은 다 했다.

아들은 이미 어엿한 한 사람의 왕이다.

이제 자신이 가르쳐 줄 것은 없다.

그저 오욕에 가득한 할머니의, 그리고 자신의 전철을 밟지 않도록, 왕은 물을 뿐이었다.

"내 말은…… 이겼느냐?"

"……예."

그날은 딱히 경주가 없었다. 하지만 그럼에도 불구하고, 조지 왕세자는 눈물을 훔치며 고개를 끄덕였다.

"이겼습니다."

"아아— 그래."

아주 기쁘구나.

에드워드 7세는, 그렇게 웃으며 떠났다.

* * *

빅토리아 여왕이 사망하여 에드워드 7세가 즉위했을 때, 버킹엄 궁전은 혼란 그 자체였다.

이건 어쩔 수 없는 노릇이다.

여왕 폐하께서 워낙 장수하셨어야지, 그분이 휴가처에서 급사하셨을 때 그 누구도 준비가 되어 있지 않았다.

하지만 이번은 조금 달랐다.

에드워드 7세 국왕 폐하는 즉위한 시점부터 이미 꽤 고령이기도 했지만, 그분 본인부터가 대단한 골초이자 대식가였고, 개전(開戰)의 충격으로 쓰러지신 뒤 조지 왕세자가 대부분의 일을 처리했기 때문이다.

그렇기에 고작 15년 뒤에 치러진 국왕 서거에도, 대부분의 국민은 큰 충격을 받은 느낌이 아니었다.

오히려 벌어질 일이 벌어졌다는 느낌이었지. 안타까운

일이긴 하지만.

"나 조지 프레더릭 어니스트 앨버트는, 오늘부터 그레이트브리튼—아일랜드 연합왕국의 국왕으로서 국민과 제국을 위해 정의와 법을 수호하고, 영국교회의 수호자로서 역할을 다할 것을, 국민의 신뢰와 충성을 받고, 왕국을 위해 헌신할 것을 엄숙히 맹세한다."

조지 왕세자…… 아니, 이제는 조지 5세가 된 당신 또한 어찌어찌 잘 견디고 계신다.

국민과 비슷하게, 마음의 준비를 할 시간은 많았으니까. 나는 즉위식 전, 그와 나눈 대화를 떠올렸다.

─이것이었군요. 좀 더 기다려 달라고 하신 게.
─후…… 그렇지. 친구가 멀리 있는 사이에 아바마마를 잃는다면…… 내가 견딜 수 없을 것 같았네. 하나님이 내 책임을 도와주실 것이고, 사랑하는 메이가 항상 그랬던 것처럼 날 위로해 주겠지만…… 그래도, 좋은 친구를 한 사람이라도 더 많이 내 곁에 두고 싶었네.

자기 욕심이 과한 것이냐 묻는 그를, 나는 그저 가볍게 포옹하여 위로해 줄 뿐이었다.

아무튼 정식 대관식은 여기, 런던의 웨스트민스터 사원에서 하는 것이긴 하지만 이것은 그저 시작에 불과하다.

버킹엄 궁전으로의 복귀 행사가 있고, 그다음은 포츠

머스 해군 기지로 가서 함대 사열식을 통해 '왕립 해군의 충성을 이양받는' 행사가 거행될 예정이다.

그 마지막은 1년 뒤 인도 델리. 인도 제국 황제로서의 즉위식까지 치르고 나면, 그때 조지 5세는 명실공히 해가 지지 않는 나라의 국왕이 되는 것이다.

―그때는, 자네 부부가 우릴 시종해 줬으면 좋겠군.
―저희가요? 저도 로웨나도 인도는 잘 모르는데요?
―괜찮네. 친구로서 같이 다니자는 것뿐이니까. 자네의 구호 활동에 얹혀가면 내 인기도 쭉쭉 오를 거 아닌가?

씁쓸한 우울감을 애써 숨기며 그렇게 말하는 조지 5세의 모습은 애써 농담으로 괜찮다고 알리려는 그런 쪽에 가까웠다.

이러면 내가 거절할 수가 있겠냐고…….

아무래도 친구로서 너무 오래 지낸 모양이다. 이 사람이 점점 내가 거절하기 어려운 방식으로 얘기하는 걸 보면.

그리고, 친구라고 하면 또.

"한슬."
"작가님, 괜찮으십니까?"
"아, 괜찮네."

"아서 코난 도일 작가님, 오랜만에 뵙습니다."

"부인. 오랜만이오."

그렇게 말하며, 대관식에 참석한 우리 부부와 인사를 나누는 아서 코난 도일 작가님의 몸에서는 평소보다 더 진한 파이프 담배 냄새가 느껴지고 있었다.

그러나 그런 기색을 내보이지 않으려는 듯 코난 도일은 짐짓 평탄히 말했다.

"자네들도 알다시피— 나는 권위니, 뭐니 하는 것은 질색이야. 국왕 폐하랑 친구라는 것도, 솔직히 여러모로 불편하긴 했고."

"하, 하하…… 그렇게 생각하시긴 했죠."

"하지만 인간적인 매력이 없었던 분은 아니셨고…… 이렇게 막상 떠나보내니, 시원섭섭하긴 하군."

"……작가님."

"정말 괜찮네. 그분도 웃으면서 가시지 않았나. 남은 자들이 너무 오래 슬퍼하는 것도 못 할 짓이지."

다만, 너무 오래 머물진 못할 것 같으니 혹시 누가 물으면 대신 대답 좀 해 달라— 그런 말을 남기고 아서 코난 도일 작가님은 떠나가셨다.

"……괜찮으시겠죠?"

"괜찮으실 거야. 강한 분이니까."

은근히 많이 속이 여린 분이시긴 하고, 결국 원래 역사에서는 심령술에 의존하시기도 했지만— 그러면서도, 홈스의 냉철한 이성까지 무너트리신 분은 아니다.
아무리 무너지더라도, 더 깊은 속에 있는 심지만큼은 결코 무너지지 않는 분이란 얘기다.
게다가 세계 1차 대전이 일찍 끝난 덕에, 그 심령술에 의존하는 계기가 된 큰아들 킹슬리도 딱히 참전하지 않고 집에 무사히 잘 있지 않은가?
"잠시 쉬시면 괜찮아지실 거야."
그리고 다시 평소처럼 새로운 〈셜록 홈스〉를 보여 주실 것이다. 아니면 혹시 〈잃어버린 세계〉일 수도 있고.
어쨌든 작가는 작품으로 말하는 법이니까.
"가자, 다른 분들도 인사해야지."
"네."
아무튼 슬슬 대관식의 식순은 버킹엄 궁전으로 귀가(라는 이름의 퍼레이드)로 접어들고, 국왕 부부가 대성당을 떠났다.
그러는 사이 참석자들도 따로 말은 없어도 서로서로 정치인들은 정치인끼리, 경제인들은 경제인들끼리 모이고 있었다.
정치인 그룹에서도 어딘가 익숙한 얼굴들이 없지는 않았지만, 몬티가 있다면 모를까, 그 녀석은 이미 프랑스로 건너가서 전쟁을 마무리하고 있다.
경제인 쪽에서도 로스차일드 일가가 있긴 하지만. 뭐, 저 양반들이야 언제든지 볼 수 있는 사람들이고…… 그렇다면 우리는 다른 작가님들과 안부라도 나눠야지.
"그러고 보니, 많이들 오셨네요."
원고들은 안 하나…… 라고 말하는 로웨나의 말투에서는 이제 글로벌 미디어사의 CEO로서, 그러니까 언론사의 전문경영인으로서 작가들을 갈구는 편집장의 '짬바'가 느껴졌다.
……혹시 내가 문학계에 파괴신을 불러온 것이 아닐까?
그런 허튼 생각을 날리면서 다른 작가님들, 정확히는 왕립 문학회장 겸 계관시인으로서 참석한 토마스 하디 작가님이나 작가연맹 대표로서 참석한 제임스 매슈 배리 작가님, 아일랜드 상원 대표로 참석했지만 작가 무리와 더 친한 던세이니 남작 등에게 다가가려던 그때.
"……한슬로 진 작가님?"
"응?"
뭔가 낯설지 않은 목소리가 내 귀를 어지럽혔다.
아서 코난 도일 작가님처럼 심지가 굳으면서도, 너무 강해서 사람이 고집불통처럼 느껴지기도 하는 이 목소리는—.
"자, 작가님!!"
"어."
윈스턴 처칠.
내가 이 영국에 와서 처음으로 만난…… 아니, 나중에

야 알았지만 애거사 크리스티와 아서 코난 도일 작가님 다음인가? 아무튼 그렇게 만난 영국의 위인.

그리고 만날 때마다 썩 좋은 기억은 없었지만, 그래도 밀러 씨나 몬티랑도 나름 도움이 되긴 했다고 하니 썩 쳐낼 수 없었던 그 인간이…… 왜 나한테?

"오랜만에 뵙습니다! 불초 윈스턴 레너드 스펜서—처칠!! 인사올립니다!!"

"아, 예……."

기차 화통을 삶아먹었나. 그렇게 생각하며 내가 대강 인사를 받으려던 그때.

"그리고, 그리고……."

"음?"

갑자기 주먹을 쥐더니 몸을 부르르 떨더니.

"그간의 무례…… 정말 죄송했습니다!"

갑자기 무릎을 꿇었……다!?

그것도 동양인인 내가 인정할 수밖에 없는 깔끔하기 그지없는 자세로 말이다.

문제는, 이곳이 대관식이 치러진 직후의 웨스트민스터 대사원이라는 것.

"아, 아니 지금 이게……."

나도 모르게 그런 어벙한 말이 나와 버렸다.

아니, 어쩔 수 없잖아? 갑자기 서울 시청 앞 광장에서 누가 고래고래 소리 지르면서 무릎 꿇는다.

수치심이 팍팍 올라가지 않는 게 이상하다.

심지어 그게 '일국의 장관'이다.

"제가 무슨 말을 한다고 해서! 제가 그간 저질러온 잘못! 실례! 절대 사라지지 않으리라는 것은 잘 압니다! 저 역시도어린날의치기라넘길생각은추호도없습니다만……! 하지만 들어보십시오!!"

누가 보면 배때기에 도넛 만들고 사과하는 것 같은 기세로 말하는 처칠.

가면 갈수록 숨도 쉬지 않고 말이 쏟아지는데, 그러면서도 교양 있는 어휘들의 향연이라는 게 신기할 정도다.

아무튼 그런 모습에 이곳에 모여 있던 영국의 높으신 귀족, 정치인, 관료 그 외 기타 등등이 '어머, 저게 지금 무슨 일이야?', '저거 공군 장관 아닌가?', '앞에 있는 쿨…… 아니, 약간 옅은 아시아인? 그러면 설마?' 같은 얘기를 하고 있잖아!

심지어 작가님들은 슬며시 도망치고 있다. 저, 저 배신자들이!!

"……하여지금까지저지른무례에대한 저의!!"

"아, 알겠습니다. 알겠으니까…… 그만하고 일어나시죠!"

"가…… 감사합니다."

아, 진짜 미치겠네.

갈리폴리 같은 찐빠를 저지르지 않아도, 브리티시 불독

은 브리티시 불독이 맞는 것 같다.
 돌겠네, 진짜.

9장 세계 여행(중)

세계 여행(중)

"그래서…… 처칠이 그러고 갔다고?"
"그래."
자기 셔츠에 사인해 달라고 재킷까지 열 때는 진짜 이 인간이 미쳤나 싶었다. 아니, 그런 데에 어떻게 평소 갖고 다니는 만년필로 써 주냐고? 그냥 수첩 하나 쫙 찢어서 적당히 '윈스턴 처칠에게'라고 쓰고 넘겨줬다.
그러지 않으면 도망도 못 칠 것 같아서.
아니…… 물론 그 양반이 내 팬이라는 거야. 예에에에전 경매장에서 만났을 때 알긴 했지만, 설마 그렇게까지 할 정도인 줄은 몰랐는데.
"……뭐, 그 양반은 정치적 이득과 자기 취미가 일치하면 물불이 안 가려지는 양반이니까."

"허, 역시 그런가."

몬티의 말에 나는 헛웃음을 지으며 고개를 끄덕였다.

요컨대 나를 좋아하는 것도 진심이지만, 그 이상으로…… 그 퍼포먼스로 대관식에 모인 사람들에게 자기가 몬티와 한 파벌이라는 걸 확실하게 각인시킨 것이라 할 수 있다.

거참 이런 데에서도 정치적 입장을 고려했다는 점에 감탄해야 할까? 아니면 그럼에도 그런 과격한 퍼포먼스를 보였다는 점에 경악을 해야 할까.

아무튼 비록 무릎을 꿇었다는 점과 그 대상이 아시아인인 나라는 부분 등의 여러 요소가 혼합되어 있지만.

그게 손해냐, 하면…….

"사실 나쁠 건 없긴 해. 스펜서 가문도 스펜서 가문이지만, 그 인간 자체도 꽤 추진력이 괜찮으니까."

"하긴, 대의(大儀)를 위해서라면 물불 안 가릴 수 있는 선봉장 감이 흔하진 않지."

그 대의 앞에 '자기만의'라는 부분이 들어가서 문제지만.

아무튼 저쪽과 이쪽 양쪽 모두 나름의 득을 볼 수 있는 결과라 할 수 있었다.

다만, 하고 나는 고개를 젓고 말했다.

"목줄 조심해. 쓸 만하긴 해도 자칫 잘못하다간 네가 끌려다닐 수도 있고, 오히려 물릴 수도 있어."

"사람이 아니라 무슨 불독 조심하라는 얘기 같네……
아무튼 알겠어."

"그래, 그러면."

하고, 나는 슬며시 물었다.

원래라면 들을 생각이 없었지만, 상황이 변했으니 물을 수밖에 없지.

"종전 협약은 어떻게 됐냐?"

그렇다. 몬티가 있는 것만 봐도 알 수 있지만, 여긴 프랑스.

그것도 놀랍게도 그 유명한 베르사유 궁전을 거의 전세 내다시피 구경 중이다.

세상에, 예전에 애들 어릴 때 프랑스 여행 왔을 때도 제법 고급지게 놀고 가서 나쁘진 않았지만, 그래도 이렇게까지 초호화급 관광은 생각도 못 했는데.

물론, 이건 전부 영국 국방부 장관 몬티 밀러의 일행임을 인정받은 덕이다. 협상군 총사령부가 설치된 곳이었거든.

덕분에 우리 일행도 여기에 잠시 머물 수 있게 된 것이다.

밖을 보니 로웨나와 매지 부부, 그리고 메리가 그 마리 앙투아네트가 전원 생활을 했던 별궁 건물을 구경 중이다.

"우리 생각대로 됐어."

몬티는 그렇게 말하며 어떤 종이를 팔락거렸다. 저것이 바로 그 유명한 '베르사유 조약'인가?

물론 몬티가 힘낸 덕에, 순식간에 휴지 조각으로 전락해 버린 그 애매함의 극치 같은 조약은 아니지만 말이다.

"영토 할양, 제국 해체, 제후국 독립, 군비 제한, 식민지 해방. 국제연맹 재가입. 그리고 마지막으로……."

"배상금은?"

"시원하게 탕감하기로 했어."

엥, 진짜?

나는 살짝 놀랄 수밖에 없었다. 아무리 그래도 프랑스가 있는데 아예 배상금이 없기란 무리일 텐데.

"대신 마이바흐(Maybach), 체펠린(Luftschiffbau Zeppelin), NDL(Nodddeutscher Lloyd) 같은 중공업 기업들을 전범 기업으로 규정하고 그 자산을 강제 매각하기로 했어. 뭐, 틀린 얘기는 아니잖아?"

"허허, 참."

이거라면 확실히 프랑스에서도 군침 돌 만한 얘기다. 우리 몬티, 실리는 실리대로 챙기는 방법을 깨우쳤구나.

"사실 프랑스에서는 끝까지 배상금을 제대로 때려야 한다고 반대, 미국에서는 자유로운 민간 기업에 어떻게 전제 황제의 책임을 지울 수 있냐고 반대하긴 했는데…… 그때 딱 국왕 폐하께서 붕어(崩御)하셔서."

"아…… 응."

확실히 그런 일이 터지면 외교관들이 억지 부리기 어려워지지.

그 말대로라면 승하하신 에드워드 7세 전하께서는 마지막까지 국익과 평화에 일조하신 셈이다.

"국방부 장관으로서 내가 할 수 있는 건 다했어. 이제부터는 국제연맹과 적십자 등 구호 단체의 몫이 될 거야."

"그래. 와 보니 심각하더구나."

나는 담담하게 말하며 먼 창밖의 프랑스 시내를 보았다.

바로 코앞까지 전화(戰禍)가 밀어닥쳤던 파리의 모습은, 승전국이라고 보기에는 너무나도 을씨년스러웠다.

당연하다면 당연한 일이다. 패전국인 독일 못잖게 많은 사상자가 나온 나라가 바로 프랑스니까.

"불안한데."

나는 조용히 읊조렸다.

물론 몬티 앞에서 '프랑스가 병신이 된다'고 말한 것은 바로 나다.

실제로 내가 기억하기로 이 직후 프랑스는 제대로 참전용사를 못 챙겨줘서 사회주의가 대두되고, 이걸 막겠다고 우파가 강경해지고, 대공황은 터지고…… 그러다가 진짜로 6주 당하게 되니까.

그래서 독일을 안심하고 찢어 놓으라고 한 거지만, 너

무 심각하게 병신이 되면— 그건 그거대로 불안해진다.

2차 대전을 독일이 아니라 프랑스가 터트릴 수도 있단 얘기.

여기엔 뭐가 필요할까? 빵? 아니다. 그 모건조차 감탄한 식량 생산국이 프랑스인데 뭘.

여기에 필요한 건 그런 게 아니다. 바로…….

"문화의 힘 아니겠나."

"어머나 깜짝이야."

"아, 오셨습니까?"

나는 기겁하며 옆을 보았고, 그곳에는 침잠된 눈으로 밖을 바라보는 에밀 졸라 작가님이 계셨다.

"오랜만일세, 몬 아미."

"온다면 오신다고 말씀을 좀 해 주십쇼."

"허허! 우리 사이에 뭘."

따뜻하게 말하고는 계시지만, 나는 그의 눈빛이 썩 밝지 못하다는 것을 알 수 있었다.

생각대로 그는 격정적인 한숨을 내쉬고 말했다.

"자네가 파리로 왔으니, 내 단골 선술집에서 프랑스 요리의 진수를 제대로 맛보여 주고 싶었는데."

"그러면 되잖습니까? 그 정도 시간은 있습니다."

"문 닫았네. 아들이 이프르에서 사망했다더군."

"……아."

그럼 어쩔 수 없지.

내가 조용히 입을 다물자, 에밀 졸라는 창에서 떨어져 의자에 풀썩 주저앉았다.
"지금 프랑스는 그 선술집의 확대판일세."
"……."
"프랑스에는 지금 새로운 산업이 필요해. 한슬로 진, 자네에게 그 해답이 있을 것으로 보여지고."
"……예. 이미 들으셨나 보군요."
나는 고개를 끄덕이며 나와 함께 프랑스로 온 사람들을 떠올렸다.
정확히 말하면, 그중에서도 가장 먼 곳— 샌프란시스코에서 온 사람이다.
"앨리스와 피터 재단의 이름으로, 파테(Pathe) 영화사의 경영권을 사서 조르주 멜리에스 씨를 앉혀 뒀습니다. 앞으로는 그가 프랑스의 영화 산업을 이끌 겁니다."
프랑스가 어딘가. 깐느의 나라다. 영화 산업의 포텐셜은 충분하다는 뜻이지.
게다가 아스테릭스, 스머프, 땡땡의 모험 등등. 프랑스어권의 만화력도 충분히 가능성이 있다.
그것들을 조르주 멜리에스를 통해서 선점하는 것……만이 목적은 아니다.
"영화나 애니메이션은 인력 소모가 큰 산업이면서도, 그렇게까지 체력이 필요한 산업은 아니까요. 어느 정도는 사람들을 불러 모을 산업이 될 겁니다."

"흐음, 그걸로 되겠나? 영화가 망하면 크게 손해를 볼 텐데."

에밀 졸라가 서늘한 눈으로 말했다.

하지만 난 그것이 그 자체로 긍정적인 것이라고 보여졌다. 왜냐하면.

"프랑스의 영화잖습니까."

의구심을 품을 정도로는 힘이 돌아왔다는 뜻이니까. 나는 빙긋 웃으며 말했다.

"작가님도 계시고, 모리스 르블랑도 있고. 요즘 그 누구냐, 가스통 르루(Gaston Leroux)라는 친구도 잘나간다면서요?"

"허허. 벌써 알았나?"

"그럼요."

가스통 르루의 대표작이 〈오페라의 유령〉 아닌가. 모를 수가 없지.

그뿐인가? 앞으로 알퐁스 도데, 생텍쥐페리, 장 폴 사르트르, 알베르 카뮈 등등이 줄줄이 나올 프랑스의 문학을 생각해 보면 놓치기 아까운 고기임은 분명하다.

"좋아. 그것만으론 부족하다고 느끼는 것도, 없잖아 있지만— 그 이상을 바라는 것은 너무 염치없는 짓이겠지."

한결 표정이 좋아진 에밀 졸라 작가님이 쓴웃음을 지으며 말했다.

"그리고 친구가 먼 길을 떠나는데, 너무 일 얘기만 하는 것도 안 좋고 말이야. 자네, 고향에 갔다 온다면서?"
"예."
"좋은 일이군."
그렇게 말하며 다가온 에밀 졸라 작가님이 날 꼭 껴안았다.
프랑스인다운 격렬한— 그래서 더 따듯한 포옹이었다.
"몸조심하게."
"……예, 작가님."
"아, 그리고 자네 고향에서 맛있는 것 좀 더 가져오고. 김—치랬나?"
"……."
예, 그럼요.
왠지 이 분은 내가 돌아온 뒤에도 오래오래 사실 것 같다.

* * *

한편.
프랑스가 을씨년스러웠다면, 독일—이었던 나라들은 당연히 혼란 그 자체였다.
"이게 다 프로이센 군바리들, 그리고 그 군바리들만 싸고돈 황제 때문이다!!"
"야!! 우리만 싸웠냐!? 너네도 우리 편이었잖아!"

"하! 무슨 헛소리. 우린 이제 바이에른이거든?!"

"또 싸우냐?! 시끄럽고 감자나 하나 더 가져와!!"

하나라고 생각했던 게르만 민족의 통일 제국이 갈라져 혼란스러워하는 이들.

혹은 저 북부 군바리들 또는 남부 돼지들과 갈라서게 되었으니 속이 시원하다는 이들.

다 필요 없으니 일단 순무 쪼가리 치우고 밥다운 밥이나 먹고 싶다는 이들.

책임을 돌리는 방향도 다르고, 아우성치는 이유도 달랐지만, 그들의 공통점은 딱 하나였다.

굶주림.

쿠데타를 일으켰던 H—L 듀오가 끝내 협상국에게 체포되고, 그들을 대신하여 총리 베트만홀베크가 병상에서 끌려 나와 마지막으로 베르사유 조약을 승인.

나라는 카와이하게 별 모양으로 짤려 나갔고, 더 이상 독일 제국이란 나라는 존재하지 않게 되었으니…… 각국 왕들은 이제 온전히 그 책임을 떠맡아야 했고— 당연히 그럴 준비는 전혀 되어 있지 않았다.

전쟁터에 나가 싸우고 돌아온 이들에 대한 보상은 누가 해 줘야 하는가?

지금 당장 박살 난 산업을 되살리려면 어떻게 해야 하는가?

새로 독립된 나라들에서 난립하는 사회주의와 공산주

의 망종들을 제압해야 할 텐데, 어떻게? 경찰도 군인도 없는데?

위에서부터 아래까지, 모든 이들이 혼란스러워하던 그때.

영국에서 소리소문없이 귀환한 이들이 있었다.

"심각하군."

"일단 무료 배급 활동부터 합시다."

"그래야겠군."

그들은 우선 시장에 나갔다. 그나마 사람들이 모여든 그곳에서, 그들은 볼거리와 먹을거리를 동시에 제공했다.

"자, 하나, 둘—!"

"뻥이요!!"

대포 소리를 연상케 하지만, 거기서 튀어나오는 것은 오히려 사람을 살리는 과자.

새하얀 눈꽃 같으면서도, 뜨끈뜨끈하고 보슬보슬거리는 강냉이가 순식간에 독일 곳곳의 시장에서 명물이 되었다.

"거 참, 빵이 없으면 과자를 먹으면 된다는 말이 진짜가 될 줄은 몰랐네."

"목이 좀 텁텁하긴 한데, 침 고이면 먹을 만해."

"맥주랑 먹어도 맛있을 것 같은데…… 하, 맥주가 없네."

맥주의 나라에 맥주가 없다는 것이 심각한 시기지만, 그래도 최소한 먹을 게 있다는 것은 다행이다.

그리고.

"죄, 죄송합니다. 지나가는 학생인데, 혹시 그…… 과자 좀 받을 수 있을까요?"

"괜찮습니다. 얼마든지요."

바이에른 왕국, 뮌헨의 시장.

구호 단체 회원은 웃으면서 뻥튀기 기계를 돌렸고, 수북이 쌓인 과자 한 접시를 학생에게 내밀었다.

"여기요."

"아, 감사합니다. 음, 그런데…… 역시, 아리스와 페터 재단 직원이죠?"

"다들 그렇죠. 전 원래 만화 스튜디오 배경 작화 담당이었습니다."

"오, 역시! 실은 저도 재단 쪽에 관심이 많아서요. 혹시 채용은 안 하고 있습니까?"

"음, 그건 저희 지부장께 여쭤봐야 할 것 같군요. 하지만 아마 될 겁니다. 저희 구호 단체는 돈은 많은데 사람은 항상 부족해서요."

회원은 씨익 웃으면서 그렇게 말했다.

어쩐지, 과자 받으러 온 것치고는 유복해 보이더라니.

"인사나 합시다. 저는 아돌프 히틀러라고 합니다. 당신은요?"

"헤르만 괴링입니다! 혹시 〈문명의 충돌〉 좋아하십니까? 제가 이걸로 재단에 관심을 갖게 되었는데—."
"아, 그건……."
그렇게.
눈꽃처럼 휘날리는 강냉이와 함께, 어쩌면 있을지 모르는 비극의 가능성도 멀리 사라지고 있었다.

　　　　　　　＊　＊　＊

베르사유 조약에는 실리지 않았지만, 종전 이전부터 논의된 '다음 전쟁에 대한 방지 대책'은 당연히 국제연맹이었다.

—우리 미국의 선대 대통령, 시어도어 루즈벨트가 헤이그 회담을 통해 만들어 낸 국제연맹이지만, 애석하게도 그 효과는 거의 없었습니다.
—맞습니다. 하지만 국제기구 자체는 쓸 만했고, 그런 의미에서 보완책 몇 개를 마련해서 새로 개편하면 어떨까 싶습니다만.

전쟁을 막기에 국제연맹은 너무나도 나약했다.
빌헬름 2세가 미쳤다 치고 헤드뱅잉을 하며 세계전쟁을 일으키는데도 아무것도 못 하고 스위스에서 손가락

빨던 이들 아닌가?
 이런 나약하기 그지없는 국제연맹의 보완책은 크게 셋.
 첫째는 국제은행 시스템. 바로 세계은행(World Bank)과 국제통화기금(International Monetary Fund)이었다.

―선진국과 대기업들이 출자한 자금을 통해 금융 흐름을 총괄하는 은행을 만들면, 어느 나라가 전쟁을 준비하는지 안 하는지 실시간으로 감시할 수 있지 않겠습니까?
 ―괜찮긴 한데, 국제연맹의 돈을 빌리지 않고 전쟁 준비를 하면 어떻게 하오?
 ―무슨 말도 안 되는 말씀이십니까? 탱크니, 폭격기니, 항공 모함이니. 이런 신병기들을 만드는데 어떻게 국가 자산만으로 해결해요?
 ―일리가…… 있어!

 추가적으로 민족자결주의에 의거하여 대거 건국될 신생국들의 목줄을 쥐기에도 부족함이 없다.
 다만, 빌려 놓고 배 째는 놈들이 문제이니…….
 둘째로 실질적인 무력. 다름 아닌 국제군이다.
 돈 떼먹은 놈, 말 안 듣는 놈, 그리고 국제연맹에 대한 '공격'을 막아 내기 위한 몽둥이.

물론 세계대전을 일으킬 침략자를 막아 낼 방패로도 기대되고 있기는 하지만, 그 이상으로 중요한 것이.

　—자네, 이번 전쟁에서 전훈이 엄청나던데…… 어떻게 군대에 남을 생각 없나? 이번에 국제연맹에 새로 군을 신설하는데 여기만 나오면……!
　—예? 하지만 저는 이제 전역해서 복학할 예정이었습니다. 포상금도 이만큼……!
　—커흠! 이만큼 많은 경험을 쌓은 베테랑이 전역이라니! 갈! 실로 기열이 아닐 수 없다! 지금 즉시 '자진 입대'를 실시한다!!

　돈.
　이번 전쟁에 돈을 어마어마하게 쏟아부었던 영·프·미 3국은 돈을 어떻게든 아낄 생각이었고, 전역할 이들에게 지급할 포상금은 큰 부담이 되었다.
　하지만, 국제연맹으로 넘어가면 그 급여는 국가가 아니라 국제연맹이 지급해야 한다. 국제연맹 휘하니까!
　마지막 셋째.
　이 강력한 목줄과 몽둥이를 쥔 주인들— 초강대국의 감투인 '상임이사국'을 상임이사국답게 '정상화'하는 것.
　기실 기존의 국제연맹에도 상임이사국은 있었다.
　미국, 영국, 프랑스, 독일, 러시아가 그 5개국이었다.

하지만 그 상임이사국 자리라는 게 무슨 의미가 있나? 원 역사처럼 만장일치제까진 아니었다지만, '너 제명'의 힘이 없는 상임이사국은 실질적으로 아무런 이득도 없고, 사실상 얼굴마담이나 다름없었다.

따라서 새로운 상임이사국에는 '국제연맹 제명권', '국제은행 의결권', '국제군 지휘권' 등을 비롯해 여러 가지 실질적 파워가 붙었고, 그 영광된 자리도 두 자리 늘렸다.

독일이 제명되고 대신 오스만 튀르크, 중화민국, 그리고 마지막으로…… 대한제국이 들어간 것이다.

……그렇다. 대한민국도 아니고 대한제국이 상임이사국이다.

내가 살다 살다 이런 꼴을 다 보네.

하지만 몬티에게 어렴풋이 듣고, 터키에 와서 더 자세한 설명을 듣자 이유가 명확해졌다.

"응? 대한제국은 그럴 만한 지위가 있는 선진국 아니었소?"

"……예? 그게 무슨 말씀이십니까?"

메흐메트 5세, 레사트 폐하.

승전국 오스만 튀르크의 황제로서, 그 전공으로 귀국한 선황 압뒬하미트 2세와 함께 '보편제국' 오스만 튀르크를 만들기 위해 여념이 없으신 분이 내게 물었다.

"그야, 저 서양의 군세들이 일본에게 궤멸당하는 와중

에도 유일하게 살아남은 나라잖소."

"……음."

"중국조차 없는 전—드레드노트급 함선을 마지막까지 보전하였고."

"그건…… 그렇죠."

"무엇보다 한슬로 진 경과 프린스 리와 같은 걸출한 인사를 배출한 대한제국이 약소국일 리 없지!"

쿨럭.

나는 반박할 말을 찾지 못해서 입을 다물 수밖에 없었다. 물론 틀리진 않긴 한데! 반박하기 어렵긴 한데!!

"무엇보다, 새로 개편된 국제연맹— 국제연합(United Nations)의 상임이사국에서 우리 아시아인들의 의지를 대변할 국가는 하나라도 더 필요하오."

농담을 관둔 메흐메트 5세 폐하는 진중하게 말했다.

하긴, 말이 아메리카인이지 실질 백인 국가인 미국을 포함해 영·프·러까지 상임이사국은 총 4개국.

여기에서 아시아의 밸런스를 잡으려면 오스만, 중국에 하나는 더 필요하다.

그래야 뭔가 여야 느낌이라도 날 테니까—라는 게 레사트 폐하의 논리였다.

"부디 경께서 이런 뜻을 대한제국의 통령께 잘 전해 주길 바라오."

"무슨 말씀이신지 잘 알겠습니다. 저 역시 세계의 평화와 안녕을 위해 할 수 있는 일을 다 하겠습니다."

뭐, 사실 나야 좋은 일이지.

누차 말하지만 나는 환생자가 아니라 트리퍼니까 말이다. 한국인의 정체성도 확실한 만큼, 내 나라의 입지가 높아진다는 게 나쁠 리 없다.

물론 지금 한국이 어떤지, 내가 직접 봐야 알겠지만…… 이 역시 지금 만나러 가고 있으니까.

그렇게 이야기를 나누다 보니, 나와 레사트 폐하는 어느새 콘스탄티니예에 새로 지어진 호텔, 정확히는 톱카프 궁에서 그다지 멀리 떨어지지 않은 곳에 세워진 '레사트 캐슬'이라는 곳에 도착했다.

이름만 봐도 알 수 있지만, 이 호텔의 외형은…… 내가 지은 에어하트 캐슬과 꼭 닮았다.

금각만의 끝내주는 경치가 절경이라는 점이 좀 다르지만.

"그대가 지은 에어하트 캐슬에서 한번 묵고, 그곳을 재현하기 위해 크게 힘을 써봤소."

"정말 꼭 닮았습니다. 폐하."

"내, 비록 야망 같은 것은 없었지만…… 만약 있다면."

메흐메트 5세는 그렇게 말하며, 나를 보고 말했다.

"이와 같은 호텔을, 오스만의 땅 곳곳에 세울 수 있는 그런 나라를 만들고 싶소."

"저 역시 폐하를 응원하겠습니다."

이 역시 진심이다.

적어도 걸핏하면 중동전쟁이 터지는 그런 미래는 웬만하면 없었으면 하니까.

그리고 이쪽에도 없기를 바랐는데.

"윌리엄, 괜찮습니까?"

"작가님! 어휴, 정말 오랜만에 뵙습니다!!"

안에 들어가자마자 기다리고 있었다는 듯, 윌리엄 서머싯 몸이 날 보자마자 달려들었다.

그러니까 입대하지 말라고 그렇게 얘기했는데 이 양반이.

"그래, 러시아는 어땠습니까?"

"얼어 죽는 줄 알았습니다."

뭔 당연한 소리를 하고 있어, 이 인간은. 러시아가 당연히 춥지.

윌리엄 서머싯 몸은 세계전쟁 터질 때쯤 자진 입대를 선택했고, 그 출중한 다국어 능력과 오스만 튀르크 쿠데타 진압 경력(?)을 인정받아 MI6으로 자대배치됐다.

결국 원 역사랑 크게 다르진 않은 루트를 간 셈인데, 그 파견지도 크게 다르지 않아서 러시아에 갔다 왔다.

다만, 유명세는 원래 이상이다 보니 사실상 화이트 요원 비스무리한 포지션, 그러니까 외교관에 가까운 위치로 갔다 온 거였는데— 굳이 그가 러시아로 보내진 이유는 간단했다.

"이것부터 전해 드리겠습니다."
"이게 뭡니까?"
"톨스토이 작가님의…… 마지막 편지입니다."
"……."
톨스토이 작가님이 러시아 제국 총리를 하고 계셨으니까.

작가 연맹에 오셨을 때 안면을 튼 적이 있었던 두 사람이기에, MI6도 이 사람을 외교관으로 보면 원활히 얘기될 거라고 예상했던 것이고…… 그 예상은 맞아떨어졌던 모양이다. 개인적인 서신까지 가져온 걸 보면.

하지만 마지막 편지라…….

나는 잠시 눈을 감고 그분을 애도한 뒤, 천천히 떨리는 손으로 편지를 열었다.

〈무심한 친구, 한슬에게. 결국 마지막까지 러시아에 와주지 않는군.〉

"……."

〈농담일세. 서슬 퍼런 이 상황에 자네가 왔다면 오히려 더 복잡했겠지. 이해하네.〉
〈자네 덕에 내가 해야 할 일들을 깨우친 후…… 나는 대단히 충실한 시간을 보냈네. 농민들을 위한 시간이지.〉

〈아, 글 쓸 시간이 모자라진 건 매우 아쉽긴 했다네. 이게 다 자네 때문이라고 유언장에 쓸 거야.〉

"러시아 농담이 무척 맵군요."
"하, 하하. 보드카는 더 맵습니다. 작가님."
나도, 서머싯 몸도 물기 섞인 농담을 주고받았다.
진짜 이 영감님, 마지막까지 사람 울리시고 있어.

〈나라를 위해 일하면서, 어느 순간 불현듯 그런 예감이 들었네. 하나님께서 허락해 주신 시간보다 훨씬 많이 살고 있다는 생각이.〉
〈이번 전쟁을 보면서 더더욱 그런 생각이 들었지. 내가 하나님이 이끄시는 길에서 벗어났기에 이런 생지옥이 펼쳐지나 했다네.〉
〈하지만 그것은 내게 주어진 또 다른 시련이었던 모양일세. 결국 정의는 승리하였고, 악은 단죄되었으니— 이제야 안심하고, 하나님의 부름에 응할 수 있네.〉
〈고맙네. 한슬로 진.〉
〈자네 덕에, 나는 농민의, 농민에 의한, 농민들을 위한 죽음을 맞이할 수 있네.〉

"러시아는 확실히 몰라보게 달라졌더군요."
윌리엄 서머싯 몸은 담담하게 설명했다.

"전쟁 때문에 우울한 분위기가 팽배하긴 했지만, 적어도 물가도 그렇고 식량이 모자란 모양새는 없었습니다. 시베리아 자영농 계획도 꽤 성과가 있었던 모양이구요."

"……그런가요."

나는 씁쓸하게 고개를 끄덕였다.

그러고 보니 내가 여기 오기 직전에 몬티 시켜서 잡아 두라고 한 놈이 하나 있었지.

—아, 그 러시아 빨갱이? 확실히 확인해 보니까 루덴도르프가 가석방하려고 접촉한 기록이 있더라고. 그래서 잡아 두긴 했지. 근데, 이놈 중요한 놈이야?

—잘했어. 그놈 절대 풀어 주지 마. 아이스너나 다른 빨갱이들이 풀어 줘야 한다고 해도 안 돼. 절대!

안다. 러시아 혁명이 늑대 한 마리 때문에 발생한 것은 아닐 것이다.

내가 아는 한 제정 말기 러시아의 상황은 지극히 심각하고, 니콜라이 2세는 빌헬름 2세에 버금가는 병신이니까. 음흉함과 무능함이 등가교환 된 인간이었다나?

공산주의 국가 역시, 기왕이면 하나 정도는 있으면 나쁘지 않다.

내가 자본가가 되어 보니 더 잘 알게 된 거지만, 원체 자본가란 생물의 욕심은 끝이 없고 같은 실수를 반복하니까. 공산주의 국가가 하나 정도는 있어야 정신을 차리더라고.

하지만 그게 굳이 러시아일 필요는 없지. 직통으로 위협받을 한국의 입지를 생각하면 더더욱 그러하다.

거기에, 톨스토이 작가님이 노력하셨던 것을 생각하면 — 이 모든 것을 구렁텅이에 밀어 넣는 꼴을 그저 지켜보고 있을 수만은 없는 것도 사실이니.

"윌리엄."

"예, 작가님."

"혹시 러시아 출장, 연장해서 갔다 와 줄 수 있습니까?"

윌리엄 서머싯 몸.

영국이 자랑하는 1930년대의 대문호가 경악하며 익룡 우는 소리를 내었다.

미안하지만, 이게 다 경험이다 생각하고 버티는 수밖에 없다. 평화를 위한 소리라고 생각하자.

10장
세계 여행(하)

세계 여행(하)

 윌리엄 서머싯 몸을 다시 한번, 이번엔 〈앨리스와 피터〉 재단 러시아 지부장으로 임명해 러시아에 보내 버린 뒤(나중에 작가연맹에서 적당한 사람을 뽑아서 대체해 주기로 했다), 우리 일행은 오스만 튀르크 여행을 적당히 즐기고 인도로 떠났다.
 "아빠, 굉장해! 물이 엄청 많아!!"
 "삼초오오온."
 "예나야, 미셸!! 위험해!!"
 이제 10살, 한창 뛰어놀 나이인 딸내미와 미셸이 배를 이렇게 오래 탄다는 게 좀 불안하긴 했지만…… 이 배에 탄 우리 일행에 어른만 몇 명인가? 괜찮겠지. 솔직히 그간 못 놀아 준 게 워낙 미안하기도 하고.

"애들 보느라 고생이네."

"너희 어렸을 때보단 얌전해서 다행이다."

"아니, 내 나이가 몇인데 아직도 그 소리야?!"

매지가 내 등짝을 찰싹 때린다. 그런 말 하는 것치고는 아직도 손이 매운데? 네 나이가 올해 서른 후반이면 내 나이도 지천명은 넘었다는 걸 좀 알아다오…….

"그러고 보니 너흰 뭐 없냐? 몬티는 이제 전쟁도 끝났겠다, 마크 동생도 쌍둥이로 숨풍숨풍 낳던데……."

"한슬이 그런 말 할 계제가 돼?"

"노코멘트하겠습니다."

매지는 눈을 부라렸고, 김창수는 눈을 피했다.

으음, 확실히 매지는 몰라도 김구는 내가 좀 많이 알차게 써먹었지. 그래도 밤일도 못 할 정도로 바쁜 줄은 몰랐는데…… 그렇게 생각한 순간 내 어깨에 무언가가 휘감겼다.

"그런 말을 하는 걸 보니, 오늘 밤은 괜찮은가 봐요."

"로, 로웨나."

"오늘 밤, 기대해도 되죠?"

뱀과 같이 속삭이는 로웨나의 두 팔 사이에서 내가 벗어날 방법은 없었다만…… 아니, 애들도 있는데!

"애나, 미셸? 우리 메리 찾으러 가 볼까? 아이스크림 먹고 있을 것 같은데?"

"아이슈!"

"크림……!"

그런 내 기대를 배신하듯, 매지 부부는 마치 자기 애들인 것처럼 우리 딸과 미셸을 데리고 페리 안쪽으로 사라지고.

"한솔 씨."

"크흑……."

어쩔 수 없지.

이게 다 내가 가정에 소홀했던 탓이다.

* * *

"……그렇게 된 겁니다."

"허허허허!! 왜 그렇게 홀쭉하나 했더니! 걸작이군, 걸작이야!!"

아니, 너무 웃으시는데.

나는 국왕 전하로 다시 뵙는 조지 5세를 불퉁한 얼굴로 보았다. 이 양반이 자기는 애 많다고.

"그러니까 자네도 밤일 좀 열심히 하지 그랬는가. 돈 버는 게 좋다고 허구한 날 워커홀릭으로 살더니만."

"저만 그랬습니까? 제 안사람도 저 못잖게, 아니 저보다 더 좋아한다고요."

농담이 아니다. 로웨나는 그 능력과 고집 하나로 로스차일드 가문의 눈에 들어서 양녀가 되고, 나와 손을 잡아서 홍콩 로스차일드 가문까지 신설한 야망의 여인이다.

〈앨리스와 피터〉 재단과 ㈜글로벌 미디어의 소유주가 나라고는 하지만, 나조차 그 업무 대부분은 로웨나를 거치면 안 될 정도라고.

"뭐, 그건 내가 알 바 아니고."

'난 내 친구의 밤 생활에는 상관하지 않는다'라는 털털함의 극치로, 조지 5세 국왕 폐하는 그렇게 말씀하셨다. 오히려 태연하게 지나가던 새 한 마리를 쏘아 맞히시는 것이, 내 말을 전혀 안 듣고 계셨다는 것이 눈에 보인다.

제기랄, 왕은 사람의 마음을 모른다……!

"생육하고 번성하시게. 그래야 내가 자네와 사돈이 될 게 아닌가."

"예에?"

이게 무슨 소리야. 내가? 작센코부르크부타 왕조. 아니, 이번부터 바꾸기로 했으니 윈저 왕가와?

"뭘 그리 놀라나. 자네 작품에서도 빈센트 빌리어스가 공주와 결혼하지 않았나?"

"아니 아니, 그건 소설이잖습니까. 소설. 그리고 결국 그거 공주 자리 때려치우고 내려온 거고요. 귀천상혼은 어쨌습니까?"

"내가 자네에게 세습 귀족 작위를 주면 해결되지."

얼씨구.

"불가능한 일은 아니라고 보네만? 자네도 집안이 코리

아의 몰락 귀족이라고 하지 않았던가? 족보 좀 주물러 보게. 그게 자네 특기 아닌가."

절씨구.

"귀족 쪽이 해결된다 쳐도, 아시아인하고 왕족이 결혼이라니…… 너무 파격적이라고 생각하진 않으십니까?"

"자네가 그런 말을 할 줄은 몰랐는데."

조지 5세는 웃으면서 그런 말을 하였고, 나는 꿀 먹은 벙어리가 될 수밖에 없었다.

"대영 제국의 국왕에게 '그런걸' 제안하는 일가가, 감히 파격적이라고 해서 아시아인을 황실에 들이는 걸 반대하다니. 다소 뻔뻔하지 않나?"

"쩝……."

그때였다. 사냥의 수행원이자 대영 제국 최강의 헌터, 참파와트(Champawat)의 구원자인 짐 코벳(Edward James Corbett) 대령이 다가와 말을 건넸다.

"국왕 폐하, 회담 시간이라고 하옵니다."

"오, 코벳 대령. 고맙네, 한데 아쉽군."

조지 5세는 입맛을 다시며 말했다.

"이 동네에 사람 잡아먹는 표범이 있다고 해서 내 친히 그놈을 잡아 볼까 했는데 말이야. 벌써 다른 동네로 갔는지 코빼기도 안 보이더군."

"그놈은 벌써 제가 잡았습니다."

"……."

"국왕 폐하께서 오시는 데 그런 놈을 남길 수는 없는 노릇 아니겠습니까."

그, 틀린 말씀은 아닌데…….

그리고 그런 말씀을 하시고 당당히 나한테 와서 〈용이 흐르는 바다〉 인노판 사인을 받아 가시는 것도 좀 아닌 것 같은데 말이다.

아무튼 사냥에서 빠르게 돌아와 각자의 방에서 옷을 갈아입은 우리가 마주한 사람들은 바로.

"국왕 폐하를 뵙습니다."

"반갑소. 타고르 공. 그리고…… 그대는 예전 남아프리카에서 본 듯하군."

"모한다스 카람찬드 간디라고 하옵니다. 폐하."

인도의 시성(詩聖), 그리고 성인(聖人).

아직 성인 쪽은 덜 영글어 물은 듯하지만, 그래도 변호사 출신이라는 것이 빈말이 아닌 듯 트레이드마크인 커다란 눈을 형형하게 빛내는 것이 내가 아는 그 간디가 맞다.

예? 다이아몬드랑 옥수수를 바꾸는 패왕? 그런 거 몰라. 난 문명은 6만 하다 왔다고.

"솔직히 말씀드려, 일개 글쟁이이인 소인이 이런 자리를 얻을 수 있을 줄은 몰랐습니다. 폐하."

타고르는 조용히 말하며 나와 조지 5세를 번갈아 보았다.

그러자 조지 5세는 고개를 끄덕이며 말했다.

"물론 내가 진정으로 인도 제국에 대해 논할 것이었다면, 그대들이 아니라 인도 국민 회의(Indian National Congress)와 대화를 나누겠지. 그것도 준비는 해 놓고 있소. 다만, 그 자리를 만들기 전에…… 인도 국민의 마음부터 어루만져야 하는 것이 순서라고, 내 친구가 그렇게 말하더군."

그 말에 두 인도인의 눈이 나에게 돌아왔다. 나는 다급히 말했다.

"어루만지겠다는 것이 단지 유화책이나 그런 것으로 다루겠다는 뜻이 아닙니다. 제안드린 내용을 보시면 아시겠지만, 저와 국왕 폐하는 진심으로 그레이트브리튼과 인도 아대륙이 동등한 지위로서 대우받기를 원합니다."

"그것 자체는 우리도 받아보았소. 하지만, 솔직히…… 믿을 수 없었지."

타고르는 떨떠름한 얼굴로 고개를 저었다. 그러고는 천천히 말했다.

"대영 연방 제국(British Imperial Federation)이라니…… 이것이 정말 가능한 게요?"

"솔직히 말하면, 이게 아니면 대영 제국은 해체될 수밖에 없다는 것이 제 생각입니다."

나는 담담히 말했고, 타고르와 간디는 마치 괴물이라도 보는 것처럼 이쪽을 보기 시작했다.

"그런 말씀을 하셔도 되는 것입니까? 그, 실례지만 한슬로 진 경께서는."

"예, 뭐. 이제 와서 제가 영국인이고, 기사 작위까지 받은 사람이라는 것에는 부정할 생각이 없습니다."

나는 쓰게 웃으면서 말했다.

물론 민족으로서 나를 묻는다면 한민족일 것이다. 하지만 국적을 묻는다면…… 이제 영국인임을 부정할 수는 없지.

영국에서 그런 사랑을 받았고, 그런 업적을 일구었고, 그런 가족을 만들었는데.

이제 와서 그 할머니가 내 앞에 나타나서 다시 21세기 한국으로 보내 준다고 해도 조금 고민하다가 차라리 태양광 배터리 충전기나 넘겨 달라고 할 정도다.

그거 못 켜서 그냥 벽돌 아니냐는 소리를 몇 번이나 들었다. 그거만 성공했으면 내가 생고생할 일도 없지 않았을까?

아무튼 시간 이민자로 승격한 내가 그 특권을 영국을 위해 쓰지 않을 이유는 없으니.

"솔직히 여쭙지요. 이번 전쟁에서 승리한 인도인 병사들이 인도 국민회의를 찾진 않습니까?"

"……혹시 우리를 감시하시오?"

"아닙니다. 그저 당연한 귀결이지요."

21세기의 부탄이 그랬듯, 자신의 현 상황이 어떤지 알려면 제일 필요한 것은 밖에 나와 보는 것이다.

 인도 안에서만 살던 인도 청년들은 세계대전에 참전해 보면서 영국과도, 호주와도, 캐나다와도 다른 자신들의 상황을 깨우쳤다.

 유색인종의 현실, 인도의 취급, 그 외 기타 등등.

 "그것을 호주인들, 캐나다인들도 똑같이 깨닫고 있겠지요. 원래도 다른 국가성을 갖고 있던 남아프리카 공화국은 말할 것도 없고."

 그것은 간디가 제일 잘 알고 있을 것이다. 보어인 반란을 조지 5세와 함께 눈앞에서 봤으니까.

 "존 로버트 실리(John Robert Seeley)가 말했듯, 그런 일이 터진다면 우리 영국은 필시 유럽의 조그마한 일개 섬으로 회귀하겠지."

 조지 5세는 담담하게 말했다.

 그리고 그것을 너무도 태연하게 인도인들인 자신들의 앞에서 말하고 있다는 것에, 타고르와 간디는 더더욱 놀라는 눈치였다.

 "하지만 그것은 지금 당장의 '인도인들'도 바라는 바가 아니지 않습니까? 솔직히 말하지요. 타고르 작가님과 마…… 크흠. 간디 씨는 힌두교도신데, 이슬람교도나 수드라. 아니, 더 나아가 불가촉천민들을 품으실 수 있겠습니까?"

 "……우리 인도인들에 대해 정말 많은 걸 알고 계시는

구려."

간디가 씁쓸한 얼굴로 고개를 끄덕였다.

그야, 미래에서 보고 왔으니까요.

'오평파'라는 말을 들으면서도 핵을 포기하지 못하는 인도와 파키스탄, 방글라데시의 분열. 그 안에서도 또다시 되풀이되는 신분제의 문제, 힌두 근본주의의 대두까지.

'알이즈웰' 한마디로 퉁치고 넘어가기엔 너무나도 많은 문제가 산적한 것이 인도다.

아니, 애초에 영국령이 되기 전에도 봉건 제국이던 무굴제국이었던 곳이니까. 지역 분위기가 매우 심하지.

"일차적으로는 인도, 호주, 캐나다, 남아프리카, 그 외 등으로 각기 다른 국가로 나누고, 국제연맹 가맹은 물론, 제국연방 내에서도 그 지역구에서 상원을 뽑아 '연방의회'와 연방 총리를 선출하는 방식으로 별도의 의회와 정부를 꾸리는 방안을 구상 중이요."

조지 5세는 담담하게 설명했다.

"당연하지만 인도 총독제는 폐지하고, 인도인들이 자체적으로 뽑아 올린 총리를 짐이 임명을 재가하는 형태가 될 테지. 군사권은 돌려줄 수 없지만, 경제적 외교권은 충분히 보장받을 수 있을 게요."

"이것이 성공할지는, 물론 잘 모르겠습니다."

나는 담담하게 말했다.

실제 영연방도 잘 안됐고. 물론 그건 영국이 영연방과

유럽연합 사이에서 간잽이 짓을 한 게 크지만.

"하지만, 시도할 가치는 있을 거라고 생각합니다. 어떻게 생각하십니까?"

최소한 노력은 해 봐야 하지 않을까.

나는 그렇게 생각하며 두 인도인에게 말했고, 타고르와 간디는 잠시 서로를 보더니.

"그렇게까지 말하는 데, 우리도 발을 빼긴 어렵지."

"국왕 폐하의 말씀을 일단 따라보겠습니다."

"고맙소! 정말 고맙소!!"

조지 5세 폐하가 뛸 듯이 기뻐하시며 말했다.

부디, 영국이 저들의 선의를 잊지 않기를.

나는 옆에서 간절히 기원했다.

* * *

1917년에 영국에서 최초로 시작되어 일 년에 지구 반 바퀴를 돌며 도착한 나라에 사랑과 구호(방패 말고 진짜 구호)를 뿌리고 다닌 나는, 어느새인가 느낀 기묘한 분위기에 눈물을 흘렸다.

"하, 한슬?"

"왜 그래요? 갑자기. 여로가 길긴 했는데 혹시 그래서 건강에 문제라도……."

"크흠. 아냐. 너무 오랜만 같아서."

밥이 찰지다.

자포니카 쌀이라 근본적으로 다른 느낌. 물론 제대로 지은 인디카 쌀도 나름의 맛은 있긴 하다. 하지만 결국 풍취나…… 무엇보다 찰기가 있는 밥과는 다를 수밖에 없지.

정말 오래간만에 느껴 보는 제대로 된 풍취에 감동까지 일 정도다.

이세계물에서 주인공이 그런 반응을 보일 때마다 너무 오버 아닌가? 하는 생각이 있었는데 아무래도 전면 철회해야 할 듯하다.

아, 물론 내가 영국에서도 웃돈 주고서라도 일본산 쌀을 구해다가 밥을 해 먹긴 했다. 하지만 일본이 전쟁을 터트리고 나서 단모종 쌀을 구입할 수 있는 곳이 어디 있었겠나?

진지하게 쌀이 고파서 홍콩에서 온 노동자들 데려다가 토키에 논까지 만들 생각도 했을 정도.

다만…… 돈이야 충분했지만, 바닷가라 좋은 토지도 아닌데다 물을 많이 쓸 수밖에 없다 보니 기존 농민들과의 갈등 때문에 깨끗이 포기하고, 대신 캘리포니아 쌀을 새로 사 왔다.

듣기로 미국 이주 한인들이 벌써 땅 사기 좋은 땅까지 물색해서 재배하고 있더라고.

아무튼 그런 식으로 내 안의 쌀 충족도는 전쟁 이후 독일인들의 맥주 충족도에 버금갈 정도로 고갈된 상태였다는 얘기다.

그리고 그런 상태에서 프랑스, 독일, 동유럽, 터키, 이집트, 인도…… 하나같이 밀 문화권이나 인디카 먹는 동네라 점점 더 떨어지고 있었는데.

"그게 충족이 되네…… 진짜 밥맛이 난다. 밥맛이 나."

"아빠, 울어?"

"딸, 이거 먹어 봐. 이게 진짜 밥이란 거야."

"난 꽈자가 더 좋은데."

우리 딸 입맛이 너무 서구화되어 있다.

물론 머리카락만 좀 거뭇거뭇하지, 골상은 작고 눈은 큼직한 게 딱 미니 로이라, 동서양이 섞였다기엔 좀 많이 서구권적인 얼굴이긴 한데…… 입맛만큼은 한국계였으면 좋겠다는 게 아빠 욕심이란 말이지.

"한국 넘어가면 바로 김부터 구해 봐야 하나?"

"해의(海衣) 말씀이십니까? 바로 대령하겠습니다, 경!"

"아니, 있습니까?"

"조선…… 아니, 한국의 해의야말로 중국에서도 인정하는 최고급 품질 아니겠습니까! 이미 유명하여 취급하는 곳도 많으니 구하는 것 정도야 어려운 일도 아니지요! 바로 대령하겠습니다!!"

그렇게 말한 요리사는 진짜로 김을 내왔다.

아니, 김 과자도 없는 시기인데 벌써 K—김이!?

물론 내가 주로 기억하는 그 조미김보다는 마른 김을 직접 구워 기름과 소금으로 맛을 낸 가정식 김이긴 했지만, 이쪽도 맛있지.

 바로 밥에 반찬과 싸서 예나 입에 하나, 로이 입에 하나, 매지와 메리 입에도 하나씩 넣어 줬다.

 "음!"

 "마시써!"

 그럼 미래에도 김은 인종 안 가리고 밥 안 먹는 애들의 특효약이긴 했지.

 맛있게 먹는 모습을 보니 참 뿌듯하다.

 "감사합니다. 맛있네요. 한국에 도착하기도 전에 홍콩에서 벌써 김을 먹을 수 있을 줄은 몰랐습니다."

 "홍콩─이스라엘의 국부(國父), 한쉐이 경께 드리는 요리인데 허투루 할 수가 있겠습니까!!"

 그렇게 말하며 고개를 숙이는 사람은 다름 아닌 중국인. 그것도 한때 북경에서 청나라 황실 요리를 배워 왔다는 숙수(熟手)였다.

 아니, 여긴 중국이고 그것도 청나라 시절이니 특급 주사쯤 되려나?

 그런 분을 고용해서 홍콩의 마천루 고층에서 바닷가를 내려다보는 식사를 하는 이 기분.

 영국에서도 에어하트 캐슬이 가벼운 별장일 정도로 제법 대부호의 영역에 있는 나였으나, 나름 검소(?)하게 살다 보니 이런 사치를 해 보는 것도 또 색다른 맛이 있다.

 사실 어쩔 수 없는 것도 있지. 지금 내 힘 중 권력이 ABC 라디오 방송국을 소유한 ㈜글로벌 미디어 사에서 나온다면, 재력은 홍콩—이스라엘을 장악한 로웨나에게서 나온다.

 내가 홍콩의 국부인 것부터가 로웨나가 국모(國母)나 다름없는 입장이라서 그런 거니까.

 당장 지금 식사 중에서 올라오는 보고들만 봐도…….

 "로웨나 사장님. 서순 가문과 카두리 가문에서 방문 축하연을 준비했다며, 정식으로 초청장을 보냈습니다."

 "기다려 봐요. 식사 끝나고 한슬이랑 예정 잡아 볼 테니까."

 "로웨나 사장님. 이즈리얼 쟁월 문교부 장관이 한슬로진 경을 찾아뵈려고…… 휴가 내고 시위하고 있습니다."

 "……한슬, 어떻게 생각해요? 내가 보기엔 일 다 끝내고, 노르다우(Max Nordau) 대통령하고 같이 오라고 하는 게 맞을 것 같은데."

 이런 식으로.

 로웨나에게 숨 쉬듯이 들어오는 보고들만 봐도 실질적인 홍콩의 지배자라는 사실이 눈에 보인다.

 미국에서 나와 함께 영국에 돌아온 뒤로는 문서상으로만 영향을 끼쳤을 텐데도 여전히 그 힘이 강력하니 말할 필요도 없지. 역시 내가 아내 하나는 잘 뒀다.

다만, 그런 와중에도 내게 들어온 보고가 하나 있었는데.

"한쉐이 경. 중식(中食)은 만족스러우셨는지 모르겠습니다."

"무슨 일입니까? 로웨나를 거치지 않고 내게 온 걸 보니, 회사 일은 아닌 것 같은데."

"중화민국의 쑨원 통령이 도착했습니다."

"아."

오랜만이네. 나는 고개를 끄덕이며, 친히 회사 앞으로 나갔다.

유대인과 중국인, 간간이 한국인.

그리고 동남아시아 사람들로 보이는 이들이 둘러싼 가운데, 쑨원이 성큼성큼 걸어오고 있었다.

"한쉐이 경! 내 형제!!"

"통령 각하! 승리를 축하드립니다!!"

우리는 한바탕 부둥켜 끌어안고, 서로 부여잡은 손을 맞잡아 번쩍 치켜들었다.

카메라 플래시와 함께, 기다렸다는 듯한 환호성이 터져 나왔다.

"안으로 드시지요. 사실 저도 낯설긴 합니다만."

"하하하! 그대의 지붕 아래로 들어가는 것이 참으로 오랜만이군. 아늑하기까지 하오!!"

그리고 엘리베이터를 타자마자.

쑨원은 웃는 얼굴을 싹 지워 내며 말했다.

"하지만 자네는 나를 그리 여길지 모르겠군."

"무슨 말씀입니까, 통령."

"그럼 묻지. 중국 내전을 국제연맹의 이름으로 중재하겠다니, 그게 대체 무슨 말인가?"

아, 그게 먼저 왔나? 나는 씁쓸한 얼굴로 어깨를 으쓱였다.

"이미 만리장성 이남을 전부 평정했다고 알고 있습니다만. 북경도 차지했고요."

"하지만 중국인들은 아직도 통일을 완수하지 못하고 있다고 여겨. 만주의 청, 내·외몽고, 영국령 티벳, 신강의 동튀르키스탄을 자칭하는 위구르인들까지!"

"민족자결주의는 헤어지기 전에 충분히 말씀드렸잖습니까."

나는 조용히 설명했다. 이걸 어떻게 사심 빼고 알아듣기 쉽게 말할 수 있으려나.

"이미 영국은 대영 연방 제국의 형태로 각 지역에 순차적인 자치권을 줄 계획입니다."

"그건…… 이미 듣긴 했소. 하지만, 그들과 우리가 다르지 않소?"

"다르게 생각해 보시죠. 영국이 순전히 제 말에만 속아 넘어가서 자치권을 주겠습니까?"

국제연맹에는 이미 영국령이지만 이집트 정부의 대표

단이 들어가 있다.

　여기에 추가로 인도, 호주, 뉴질랜드, 남아프리카, 캐나다 등의 대표들도 들어가겠지.

　그리고.

　"국제연맹은 이제 만장일치가 아닌, 다수제로 돌아갈 예정입니다."

　"……그 말은."

　"국제연맹에서는 강력한 단일 표보단, 좀 더 많은…… 이해 관계를 일치시킬 수 있는 표들이 중요해질 수도 있단 얘기죠."

　"흐으으음."

　썩어도 민주주의에는 진심인 것이 쑨원이기 때문인지, 그는 곧장 내 말이 무슨 뜻인지 깨달은 듯했다.

　그래, 영국이 대영 연방 제국을 세웠다면, 중국도 연방제를 할 수 있지 않을까? 라는 생각이 드는 게 정상이지.

　물론 원 역사에선 바로 치웠다지만, 지금의 중국은 좀 다르지 않은가?

　"무엇보다, 중국의 농민들은 지금 상처를 추스를 시간이 필요하지 않겠습니까."

　"……끄응."

　역시나.

　홍콩에 와서 깨달은 거지만, 중국계 난민들이 상당히 많다.

원 역사의 난징 대학살 급의 전쟁범죄까지는 다행히 일어나지 않은 듯하지만, 그럼에도 불구하고 일본이 여기저기 쑤시고 다니면서 약탈, 강간, 방화를 저질렀다는 얘기는 심심찮게 들렸고.

이런 상태에서, 쑨원이 굳이 중화 통일을 외치면서 티벳, 청의 잔당, 위구르, 몽골 하나도 아니고 둘을 때려잡는 게 가능할까? 내가 보기엔 힘들어 보이는데.

"저는 절대 중국이 망하길 원하지 않습니다. 쑨원, 당신이 성공해서 진정한 민주주의 국가이자 한국의 이웃으로 오래오래 살아주길 바랍니다."

이건 진심이다.

장개석 같은 병신 같은 친구나, 모택똥에서 찐핑이로 이어지는 원적(怨敵)이 생기는 것보다야 대가리가 좀 많이 꽃밭이어도 쑨원이 훨씬 낫지 않나.

"후. 무슨 말인지 알겠소. 내게도 아직 미몽(迷夢)이 남아 있던 모양이군."

"이해합니다. 제갈량조차 마지막까지 놓치지 못한 꿈 아닙니까."

"하하, 하필 내게 그 얘기를 하다니…… 비겁하기 짝이 없군."

한숨을 쉰 쑨원이 고개를 저으며 그렇게 말했다.

그러고는 힘이 풀린 어깨 위로 나와 눈을 맞추며 물었다.

"그러고 보니, 귀향하는 사람에게 내가 너무 일 얘기만 했군."

"괜찮습니다. 나라를 짊어지고 계시는 입장 아닙니까."

"고맙네. 그래서, 이제 집에 가나?"

"예."

나는 은은한 미소를 지으며 고개를 끄덕였다.

물론 지금의 '내 집'이라고 하면 영국에 더 가깝다.

하지만 그래도 핏줄이 말하는 집이라고 하면…… 아무래도 한국이긴 하지.

"일본은 안 가나? 나츠메 그 친구, 꽤 기다리고 있을 텐데."

"뭐, 거긴 아직 혼란기이기도 하니까요. 한국 먼저 들른 다음, 적당히 들러도 늦지 않겠죠."

그렇게 말하는 내게 쑨원은 고개를 끄덕이며 말했다.

"그래, 축하하네. 금의환향도 그런 금의환향이 없군."

"통령까지 된 분이 그런 말씀을 하십니까."

"난 안 그러면 뒈진 목숨 아닌가."

나와 쑨원은 그런 농담을 주고받았고 며칠 뒤, 함께 남경으로 올라가는 배에 몸을 실었다.

항주와 소주로 유명한 무협 관광지 풀코스에 추가로 상하이 관광까지 즐긴 우리 일행은 곧, 인천으로 가는 배를 탔다.

그리고.

"아빠, 아빠! 사람이 엄청 많아!!"
"애나, 조심해!!"
나는 수군대는 사람들이 모여든 사이로, 천천히 인천항을 둘러보았다.
내 기억에 담겨 있던 인천항은 아니다.
훨씬 하얗고, 깨끗하고, 거대한 항구니까.
하지만.
"―후."
길었다. 여기까지 오기까지.
나는 주변을 내려다보았다.
갑판에서부터 사람들을 보며 눈을 빛내는 매지와 김창수, 그리고 제집처럼 재잘거리며 뛰어다니는 우리 딸 예나. 그리고 그런 예나를 데려와 내 손을 잡은 로웨나의 모습.
그리고 문득, 나와 눈이 마주치는 메리― 애거사 크리스티를 보았다.
"한슬."
메리가 물었다.
"이제 뭐 할 거야?"
"그야."
나는 씨익 웃으며 말했다.
"글을 써야지."
이미 첫 문장은 머릿속에서 펼쳐지고 있었다.

----하여간.

----세상 숭악한 건 전부 영국 놈들이 만든 거라니까.

(대영제국에서 작가로 살아남기 完)

서생, 제갈현몽은 꿈을 꾸었다
무와 협이 아닌, 마법과 모험이 공존하는 신세계를!

『무림 속 마법사로 사는 법』

제갈세가 방계 중의 방계로서
표국의 문사로 일하던 제갈현몽

꿈에서 깸과 동시에 마법을 깨우치고
비범한 활약을 통해 명성을 떨치며
감당하기 힘든 별호를 얻게 되는데

"무후재림께서 오셨다! 무후재림 만세!"
"앗……아아……."

세상은 영웅을 원하고, 출사표는 던져졌다
고금제일의 마법사, 제갈현몽의 행보를 주목하라!

무림속 마법사로 사는 법

김형규 신무협 장편소설

환상이 숨쉬는 공간 파피루스 blog.naver.com/gnpdl7

율운 스포츠 판타지 장편소설

역대급 뱀직구로 슈퍼에이스!

뱀 한 마리 구해 주고 패스트볼의 신이 되었다
『역대급 뱀직구로 슈퍼에이스!』

밋밋한 포심, 애매한 변화구
혹사에 이은 수술, 그리고 입대까지
높아져만 가는 프로의 벽에 절망하던 구강혁

어느 날 고통받던 뱀을 구해 주고
문신과 함께 신비한 야구 능력을 얻게 되는데

"구속도 구속인데 무브먼트가……. 미치 뱀 같은데?"

타격을 불허하는 뱀직구를 앞세워
한국을 넘어 메이저리그까지 제패하겠다
전설을 써 내려갈 구강혁의 와인드업이 시작된다!